MW01622469

LA CUEVA
DEL ÁNGEL

DANIEL BEHAR SILVIA BAZÁN

LA CUEVA DEL ÁNGEL

CRECER

Bajo el sello editorial CRECER
Av. San Lorenzo 279, B-17A, col. San Nicolás Tolentino, Iztapalapa,
C.P. 09860, Ciudad de México

www.lacuevadelangel.com

Diseño de portada: Expressarte
Diseño de interiores: Expressarte
Fotografía de portada: C. Beth Ellis / EyeEm / Getty Images
Fotografía de autores en solapa: Ana Hop
Fotografías de portadas en solapa: Yamada Taro / Getty Images;
AMR Image / Getty Images
Edición: Gilda Moreno Manzur y José Antonio García Rosas

Primera edición: febrero de 2020
ISBN impreso: 978-607-98774-1-5
ISBN electrónico: 978-607-98774-0-8

A Esther, *el amor de mis amores,*
quien ha sido mi inspiración y una presencia angelical
que siempre me ha guiado.
—Daniel Behar

A Beto, *el amor de mi vida, mi mejor amigo,*
por haberme recordado en todo momento que la fe
y la esperanza son una actitud vital,
por demostrarme que la fuerza de espíritu
mueve montañas, arropa, protege, AMA.
—Silvia Bazán

ÍNDICE

TERCER CUENTO DEL ABUELO

■

Aunque no siempre veas un ángel,
su luz te acompaña a todas horas...

SOFÍA CUENTA SU HISTORIA

Sofía estaba exhausta. Ya llevaba varios días en la sala de espera de terapia intensiva del hospital, atenta en todo momento al sonido del respirador que mantenía con vida a su esposo, Pierre. Las pulsaciones de la respiración asistida la hacían sentirlo muy cerca y a la vez angustiosamente lejano.

Las enfermeras no dejaban de entrar y salir para verificar actividad cerebral, reflejos pupilares, signos vitales, y examinar minuciosamente todos y cada uno de los múltiples monitores que rodeaban a Pierre. Según los médicos, sus posibilidades de sobrevivir eran escasas. Ello, sin embargo, no arredraba a Sofía. Convencida de que ese no era el final de su esposo, en todo momento oraba con profunda fe y con tal vehemencia que se sentía fuera de aquel espacio físico, transportada a otras dimensiones, a planos más celestiales, a una espiritualidad que le resultaba, insólitamente, muy familiar.

Una noche, en el duermevela de la sala de espera, de pronto tuvo la sensación de encontrarse dentro del cuarto de Pierre, en un inexplicable estado de ubicuidad. Abrió los ojos, sobresaltada. Comprendió que algo tan maravilloso como extraordinario estaba ocurriendo en ese momento. Oró con gran devoción, como nunca antes.

Pierre despertaba de nuevo a la vida. En la soledad de aquel cuarto de hospital descubrió desde su cama a un Ser de luz. Se había posado en un rincón que cobró la forma de una cueva. Al acostumbrarse Pierre al resplandor de la figura, pudo ver que su rostro se transformaba poco a poco hasta que, por un instante, identificó claramente las facciones de Sofía, la mujer a la que tanto amaba. Ahí estaba, fusionada con el hermoso Ser cuyo fulgor iluminaba el sombrío espacio desde el interior de la cueva.

■ *Sofía*

Yo pensaba que sabía orar, comunicarme con Dios, pero ¡cuán equivocada estaba! ¿Cómo es posible que no me haya dado cuenta de la inmensidad que nos rodea, teniéndola al alcance?

La visión de la cueva que albergaba al bello Ser me conmovió a tal grado que decidí investigar lo que acababa de vivir, comprender a fondo tan sublime experiencia. Esa cueva era real, estaba absolutamente convencida, y no pararía hasta encontrarla. Como antropóloga, la búsqueda de lo desconocido no me era ajena. Además, tenía la fortuna de trabajar con un equipo de colegas que seguramente me ayudarían, tan sólo debía esperar el momento adecuado para involucrarlos.

Pasado algún tiempo ocurrió un acontecimiento decisivo que no pudo haber sido una coincidencia: debido a un proyecto nuevo de trabajo tuve la necesidad de leer cuidadosamente la Biblia desde sus inicios. A medida que iba leyendo, para mi sorpresa, entre sus páginas me encontré con ese Ser de luz que constantemente se asomaba de forma sutil, casi imperceptible. ¿Por qué no lo había visto antes?

Aquel descubrimiento me afectó de tal manera que no pude resistirme a compartir con mis compañeros lo ocurrido, así como mi propósito de dar con esa cueva que tanto me había impresionado.

Transcurrió un par de meses antes de que pudiera asistir a mi trabajo con regularidad. Para entonces, Pierre ya estaba recuperado.

En una ocasión recibí una llamada de David, uno de mis colegas más apreciados. Era con él con quien estaba trabajando en el nuevo proyecto dirigido a buscar sitios vinculados al nacimiento de la primera religión abrahámica. Estaba muy emocionado porque se había entrevistado con un rabino que se dedicaba al estudio de escrituras crípticas muy antiguas. Compartieron comentarios, temas controversiales y explicaciones insospechadas. Admirada, presté atención a todo lo que me decía. Su conversación era tan interesante que quería asimilar hasta el último detalle de aquella valiosa información a la que muy poca gente tiene acceso.

Entre otras cosas, David me contó que había localizado tres lugares estratégicos que, por la presencia en ellos de ciertos elementos, se relacionaban entre sí y con el suceso tan singular que le narré. Sugirió que, tomando en cuenta mis conocimientos y mi interés personal, debía visitarlos. El primero se encontraba en el sur de Francia; el segundo, en Kiryat Arba, Israel; y el tercero, en el norte de Irak, en la zona montañosa cercana al mar Caspio, antes llamada Sumeria.

En vista de la recomendación de David, y de que mi esposo se encontraba fuera de todo peligro, tomé la decisión de realizar un primer viaje a los lugares más recónditos que serían el punto de partida de mi búsqueda. Por principio, necesitaba tener un encuentro físico con la montaña donde Noé escuchó el mensaje sobre el diluvio que lo llevó a construir el Arca. En otras palabras, quise comenzar por sentir sobre mis espaldas el peso de los miles de años transcurridos desde entonces.

Ya inmersa en los preparativos de mi viaje, recordé aquella ocasión en que Pierre y yo teníamos la intención de viajar a Nepal para conocer los misterios del Himalaya; pero no pudimos llevarlo a cabo debido a todos estos sucesos inesperados. Sin embargo, siempre supe que, sin lugar a dudas, pronto lo retomaríamos.

Mis pensamientos fueron interrumpidos cuando recibí otra llamada de David. Me avisó que Nathán, el rabino con quien él había hablado, tenía algo especial para mí que debía recoger antes de partir.

Cautivada por el gesto del rabino, me presenté en su casa, la cual era hermosa, lo mismo que el jardín lleno de exuberantes flores que la rodeaba y que contemplé con arrobamiento unos instantes.

En eso, alguien se me acercó y gentilmente me dijo:

—Tú debes ser Sofía... Yo soy Nathán. Ven conmigo, mi esposa nos ha preparado una deliciosa comida. Vamos a disfrutarla mientras conversamos.

"David me relató tu historia. Déjame decirte que me ha sorprendido mucho. Nuestros caminos llegan a tener ciertas interconexiones que no hay que pasar por alto.

"David me comentó que te interesa buscar la raíz de las tres religiones abrahámicas que existen. Dice que te sorprendió que en el Génesis se menciona a Abraham cuando ya había alcanzado una edad muy avanzada. Comenzar tu investigación en ese punto te limitaría, Sofía. Más bien, conviene que sepas quién era su madre y a partir de ahí iniciar tu seguimiento hasta que llegues a donde deseas.

"Te doy la bienvenida a esta travesía de milenios que te llevará a conocer las verdades de nuestro Ser y a entender muchos acontecimientos que nos han marcado.

"Te habrá contado David que me gustaría entregarte algo que aprecio como un invaluable tesoro: una colección de cuentos muy antiguos que mi abuelo me entregó antes de morir. Verás que no se trata de simples relatos para entretenerse. Son auténticas memorias de un pasado que nos explica muchas cosas del presente. Tal vez te parezca extraño mi ofrecimiento, pero debo confesarte que no había encontrado con quién compartirlos".

Me quedé atónita. Me sentía fascinada. ¿Qué contendrían aquellos cuentos? ¿Qué tenían que ver con mi búsqueda? ¿Por qué eran tan valiosos?

A la mesa con Nathán, me honraba la confianza que me demostraba. Estábamos charlando como si nos conociéramos desde mucho tiempo atrás.

—Continúa, por favor —le pedí.

—Créeme, Sofía. En el transcurso de mi vida he recorrido ya mucha distancia y he conversado con un sinfín de personas. Sin embargo, existen ciertas notas musicales —llamémoslas así—, cierto ritmo, que muy pocos seres perciben, y tú eres uno de ellos.

"No pienso interferir con tu búsqueda, pero, si me lo permites, quisiera servirte como guía en un principio. Cuando te dispongas a leer la Biblia, no hagas precisamente eso; más bien, estúdiala, transpórtate a los momentos y a los lugares ahí descritos. Hazte una con ella; es tu historia, te pertenece.

"Por otro lado, los cuentos te ayudarán a comprender mis estudios, mis investigaciones, las más complejas e intrincadas".

Incapaz de expresarme de manera adecuada por los sentimientos que me embargaban, con un gesto afectuoso agradecí sus palabras.

Nathán me despidió con sencillez y una cálida sonrisa.

—Siempre ve hacia delante, Sofía. No te detengas. Cuando regreses de tu viaje, aquí estaré esperándote. Te veré a ti, pero estoy seguro de que no serás la misma.

SUMAMENTE CONMOVIDA, Sofía se dio a la tarea de leer aquellos tesoros, en un ir y venir en el que descubriría los hechos de su propia existencia. Conforme avanzaba en la lectura, sin darse cuenta iba sumergiéndose cada vez más en sus pensamientos, en un imparable torbellino de introspección.

PRIMER CUENTO DEL ABUELO

AMTALAI

Pasó del llanto a una melodiosa e interminable risa…
¡Qué bello rostro tenía! Me recordaba a alguien…

La princesa de Akadia recién regresaba de un viaje que habría de cambiar su existencia para siempre. Sin embargo, aún no comprendía del todo lo sucedido.

■ *La princesa de Akadia*

Recuerdo que, tras un largo trayecto, llegué junto con mi amado padre Karnebó a una escarpada montaña, sobre cuyas faldas corría un riachuelo. Decidimos tomar un breve descanso junto al pequeño torrente para recuperar las fuerzas antes de emprender lo que sería una interminable travesía.

Luego reanudamos la marcha por aquel lugar desconocido. Era un terreno accidentado y pedregoso. Las pendientes, muy abruptas, nos dificultaban el avance. "¡Qué lugar tan desolado!", me dije.

A ratos me volvía a ver a mi padre. A pesar del cansancio, no se dejaba vencer y se esforzaba por caminar con paso decidido. Eso era evidente en su rostro, el cual, por cierto, me dejó muy asombrada cuando me di cuenta de que había en él un extraño resplandor, una peculiar luminosidad.

Así marchamos fatigosamente durante muchas horas hasta que de pronto, desde lo alto de una ladera, vimos un pequeño poblado, formando un semicírculo alrededor de una hoguera, a los pies de la montaña.

Y justo en esa parte baja de la montaña algo inusual llamó poderosamente mi atención: una especie de entrada que contrastaba con el accidentado entorno donde se localizaba, semioculta entre rocas erosionadas por el tiempo.

Mi padre no cabía en sí de alegría al ver que habíamos arribado a nuestro destino y se adelantó para encontrarse con el grupo que nos esperaba. Por mi parte, decidí tomar un camino más corto, aunque también más complicado, para descender.

Cuando por fin dejé atrás la pendiente me di cuenta de que estaba justo al lado de la misteriosa entrada. Me sentí atraída hacia ella desde que la vi por primera vez en la ladera. Pero ahora, teniéndola más cerca, me invadía una sensación de premura, un llamado intenso, una necesidad impostergable de visitarla. No podía explicármelo.

Di unos pasos y me detuve en el umbral de la entrada. Al principio sólo distinguí unos finos hilos de luz que se filtraban en la cueva a través de unas grietas. Me atreví a caminar un poco más, con cautela, observando el espacio para asegurarme de que no fuera la guarida de algún animal salvaje.

Ya más segura, me adentré en la oscuridad de la cueva hasta que, repentinamente, tuve que entrecerrar los ojos, porque de algún sitio salía un haz de luz tan brillante que me enceguecía. Sobrecogida, traté de mirar a mi alrededor para entender qué ocurría. ¿Habría alguien más en ese lugar?

Sentí un estremecimiento, algo muy dentro de mí, una energía que me impulsaba a seguir. De pronto identifiqué la fuente del resplandor y me quedé atónita.

En el centro de la cueva, sobre una roca, se encontraba sentado un majestuoso Ser de luz. Su luminosidad era tan intensa que podía haber alumbrado a todo un universo. Con cada movimiento, parecía una gran nube de fuego.

Su cercanía me hizo sentir protegida.

El Ser se dirigió a mí con la voz más tierna y apacible que jamás hubiera escuchado:

—Amtalai, Amtalai, ¿me recuerdas?

Sin poder recuperarme de la impresión, no pude articular palabra.

Hubo una pausa prolongada antes de que su voz volviera a escucharse:

—Tendrás un hijo en poco tiempo. Le pondrás por nombre Abram y aquí, a esta cueva, lo traerás a pasar sus primeros años de vida conmigo.

Apenas terminó de decirlo, el Ser se retiró despacio hasta desaparecer de mi vista.

Me quedé ahí sola, intentando recobrar el aliento y la calma.

AL CABO de un buen rato, salí a reunirme con mi padre.

En las proximidades de la cueva estaban acampando mis ancestros, los guardianes de nuestra historia y de nuestras tradiciones, los descendientes de aquel hombre justo escogido por el Altísimo para sobrevivir al diluvio, Noé, hijo de Lamec, de quien oí hablar tantas veces.

Me acogieron entre sus brazos y me invitaron a sentarme en la tierra y a formar un círculo para orar en ese momento en que el sol estaba en lo más alto.

Era un ritual que practicaba yo con mi padre desde muy pequeña, diariamente, para agradecerle al Altísimo algo nuevo cada día. Lo hacíamos con mucha humildad.

Antes de comenzar, y siguiendo un impulso intuitivo, coloqué en el centro una piedra que siempre perteneció a mi familia. De inmediato, una tenue luz violeta inundó todo nuestro entorno y nos llenó de calidez.

Una vez que terminamos, se acercó a mí un personaje para quien la luz violeta fue de mucha importancia. Me tomó de la mano y me llevó hacia la cueva.

Cuando llegamos, me dijo con tono cálido:

—Yo soy Raniel y quiero que sepas que esta cueva te pertenece. Siempre que lo desees, podrás regresar a ella en busca de ayuda, refugio y consejo.

Y de nuevo, con sólo entrar a la cueva sentí como si un rayo hubiera recorrido todo mi ser y hubiera avivado mis sentidos.

Sin soltarme, Raniel puso una tablilla en mis temblorosas manos y agregó:

—Amtalai, guarda siempre en tu memoria esto que vas a ver y que te será descrito, pues ahí ha estado desde siempre.

Al darme cuenta de que me rodeaban mis ancestros y de que mi padre estaba presente, comencé a compartir en voz alta el contenido de la tablilla.

En ella se hablaba de un alma creadora en un cuerpo de luz como extensión del espíritu divino. Se mencionaba a un alma en transición que descendía para residir dentro de un cuerpo físico. Se hacía referencia a Adán y Eva, al origen del amor esencial entre dos entes muy distintos entre sí. Se describía un hermoso lugar con muchos niños. Se detallaba todo un plan divino y se hablaba de Dios como único Creador de todo lo que existe en el cielo y en la tierra.

Con los ojos humedecidos, le agradecí a Raniel y salí de la cueva. Me dirigí a un río que pasaba cerca de allí. Necesitaba estar a solas unos momentos. Corrí entre los árboles lo más rápido que pude. Comprendí que estaba rebosante de vida y alegría. Todo fluía en forma natural, sin interferencia. Me encontraba muy cerca de Dios, sentía su presencia.

Cuando llegué al río, descubrí que me invadía una inmensa paz.

Alcé la mirada y contemplé la montaña. Toda ella se había tornado azul, un azul muy intenso, lo cual, sin alcanzar a comprenderlo, me conmovió en lo más profundo de mi ser.

Todo el tiempo que duró nuestro trayecto de regreso fue de reflexión e introspección para mí.

En mi mente quedó grabado cada momento, cada situación, cada palabra. Los recordaba una y otra vez. Aquella luz brillante me iluminaba de nuevo.

Mi padre respetó mi largo aunque inexplicable silencio. Se limitó a ir a mi lado y hacerme sentir su compañía.

Unas semanas después de nuestro regreso a palacio, mi padre me mandó llamar. Requería mi presencia de inmediato.

EL REY KARNEBÓ vio entrar al gran salón a Amtalai, con su caminar suave y elegante. Lo enorgullecía haberla educado con esmero.

Su hija era en verdad muy hermosa. Le caía sobre los hombros y la espalda una sedosa cabellera oscura que contrastaba con su piel tersa y sus enormes ojos claros, de color indefinido.

El rey sabía que durante aquel viaje a la montaña le había ocurrido a su hija algo fuera de lo común. Se lo decía su intuición de padre. Podía percibir un sutil cambio en su mirada.

El rey nunca olvidaría la melodiosa voz de su hija a medida que le compartía el contenido de la tablilla. Lucía ella un semblante candoroso y unos ojos llenos de lágrimas; la luz que se reflejaba en su rostro la hacía ver como una delicada rosa bañada con el rocío de un nuevo día.

El rey volvía a escucharla en su mente, muy conmovido. No se había equivocado al presentir que, después de visitar aquella montaña, Amtalai ya no sería la misma jamás.

Su padre la miró largamente. Tuvieron que transcurrir unos minutos eternos para que pudiera reaccionar y pensar en el motivo por el que hizo venir a Amtalai con tanta urgencia.

No sabía por dónde empezar, cómo comunicarle lo que acontecía.

Por fin, emocionado, se animó a decirle:

—Amtalai, mi querida niña, acabo de regresar de la gran ciudad de Ur. Como sabes, luego de que volvimos de la montaña, el emperador de la Mesopotamia envió a un emisario para invitarme a una audiencia privada, a la que acudí con presteza.

"En la audiencia, Su Majestad me explicó amablemente que adoptó a un joven apuesto y valiente llamado Téraj, a quien se refirió con estas palabras: 'Es mi más fiel y leal servidor, mi primer ministro, quien se hizo acreedor a una gran fortuna como pago por sus valiosos servicios. Téraj arriesgó varias veces su vida para protegerme y es un hijo para mí'.

"El emperador de la Mesopotamia, el rey Nimrod, pensó en estrechar nuestros lazos de amistad y hermanarnos a través de un matrimonio imperial entre ustedes dos. Por ello debemos ir al palacio de Ur, con el objeto de que se conozcan".

Amtalai, impresionada y conmovida por la noticia, no pudo menos que recordar las palabras de aquel ángel, de aquel Ser de luz, de la cueva: "Tendrás un hijo en poco tiempo. Le pondrás por nombre

Abram y lo traerás a pasar sus primeros años de vida conmigo".

Todo parecía caer en su lugar como un mensaje celestial. ¿Acaso ese luminoso Ser era tan sólo un ángel?

RUMBO A LA GRAN METRÓPOLI DE UR

También tienes que escuchar al viento,
eso te ayudará a mantener el equilibrio...

AMTALAI SE ADMIRÓ al ver la caravana real que la acompañaría a ella y a su padre en su largo recorrido hacia Ur. Observándola con detenimiento, apreció su impecable organización. Al frente marchaban veinte jinetes que portaban los banderines del reino de Akad, seguidos por otros doscientos de la guardia personal de su padre, responsable de la custodia de la familia real y su séquito. Detrás venían cien asnos cargados de valiosos presentes para el rey Nimrod. La caravana culminaba con veinte escoltas cuyas monturas eran los corceles más veloces, ya que tenían por mandato partir rápidamente en busca de ayuda en caso de ser atacados.

■ *La princesa Amtalai*

Cruzamos inmensos campos de trigo y cebada y nos internamos en otros aún más vastos de hortalizas, palmeras e higueras que se extendían hasta perderse de vista. Por su exuberante verdor, aquella región parecía el Jardín del Edén.

La campiña entera estaba surcada por canales y zanjas de riego que conducían el agua del Tigris y del Éufrates hacia los cultivos. Gracias a ello, los terrenos desérticos se transformaban, como por arte de magia, en paisajes de una vegetación paradisiaca.

Pasamos frente a un lugar dedicado al culto donde los sacerdotes celebraban al dios de la Luna. Si bien ya nos encontrábamos a corta distancia de la ajetreada ciudad de Ur, en el santuario reinaban la paz y el silencio.

La caravana continuó su camino. Cuando llegamos a los jardines que rodeaban la ciudad apareció ante nosotros un deslumbrante complejo de lujosas casas, edificios, templos y palacios que formaban hileras interminables.

Entramos al portal de la ciudad, sitio donde se

concentraban las transacciones comerciales de Ur. Era un crisol de rostros de diferentes colores, de extrañas voces y armoniosas risas. Los puestos eran auténticos hormigueros y los gritos de los mercaderes resultaban ensordecedores.

Poco a poco nos abrimos paso por las congestionadas avenidas que desembocaban en amplias plazas, atestadas de vendedores y muy bulliciosas. Pasamos por varias villas antes de recorrer una espaciosa calzada que nos condujo a una plaza muy grande. En su centro se levantaba el templo principal o zigurat.

Nos dirigimos a la torre sagrada, de siete pisos, cada uno de los cuales se relacionaba con uno de los siete planetas:

- Primero: Ninurta (Saturno)
- Segundo: Ishtar (Venus)
- Tercero: Marduk (Júpiter)
- Cuarto: Nebo (Mercurio)
- Quinto: Nergal (Marte)
- Sexto: la Luna
- Séptimo: Shamash (el Sol)

En el séptimo piso se levantaba un templo de una sola pieza, consagrado al rey-dios patrono de Ur, Nimrod.

Cada uno de los pisos correspondía a la vez a un día de la semana.

Por las terrazas de cada piso desfilaba la procesión en honor de Nimrod. Los participantes llevaban túnicas de colores y portaban múltiples ofrendas. Los sacerdotes avanzaban guiados por el son de las arpas y comenzaban a subir por las grandes escalinatas desde el atrio. La población seguía la secuencia de eventos a cierta distancia.

Al terminar la celebración en el templo, nos encaminamos al fondo de la explanada y nos encontramos de frente con una enorme estatua de Nimrod.

Ahí nos recibió una comitiva. Avanzamos hasta el palacio y entramos. Subimos por una amplia escalinata a un ancho y largo corredor que culminaba en la entrada del salón del trono. En él se llevaban a cabo las audiencias privadas.

La entrada estaba resguardada por un impresionante portón de fina madera de cedro. Era bajo su marco donde se presentaban las personas convocadas por el emperador.

El portón poseía dimensiones colosales: siete metros de altura y más de cuatro de ancho. Constaba de dos hojas gruesas y muy pesadas, a juzgar por el esfuerzo del par de guardias que las abrieron.

A indicación de uno de ellos lo seguimos por anchos corredores y magníficos patios. Las múltiples salas estaban decoradas con ladrillos y bajorrelieves esmaltados que conmemoraban las victorias del monarca Nimrod y los antepasados del gran imperio, remontándose hasta el fundador, el gran Sargón I, representado con un pectoral de tres círculos concéntricos característico de los gobernantes semitas.

Según se creía, Sargón I fue protegido y amante de la diosa Ishtar, que lo había reconocido por su origen divino. Él confería a sus sucesores el carácter dual de rey-dios.

Llamaron mi atención las escenas de los bajorrelieves en los amplios corredores, las cuales mostraban a los principales de la ciudad haciendo sacrificios. En esos corredores fluía la incesante actividad de los negocios imperiales. Sacerdotes, altos dignatarios y oficiales del ejército los recorrían de principio a fin para tratar asuntos interiores, exteriores y religiosos. Los principales vasallos del rey acudían acompañados de pintorescas comitivas.

Por fin llegamos al fondo del salón, donde se encontraba el resplandeciente trono en forma de zigurat, de oro macizo, sobre un estrado de piedra con incrustaciones también de oro, además de plata y bronce, al cual rodeaban columnas cubiertas con mosaicos de conos invertidos.

Ahí recibía Nimrod a los embajadores de diferentes naciones y también los ricos tributos que le llevaban los caudillos recién sometidos, ataviados con ropas exóticas.

Nimrod era la encarnación de los dioses y el alma del imperio. A él debía atribuírsele el buen clima y la producción de los campos, la bonanza del comercio, la suerte de las armas y el mantenimiento de la paz. Era propietario de las tierras, encauzaba las energías del pueblo y dictaba la ley. Y es que, en verdad, para mantener unida a la poderosa confederación hacía falta un rey con autoridad sobrehumana.

Observé la clepsidra imperial y me di cuenta de que habían transcurrido treinta minutos.

LOS PENSAMIENTOS de Amtalai se vieron interrumpidos por la llegada del emperador, a cuyo lado iba un joven de imponente presencia, tan alto que Nimrod se veía pequeño junto a él.

A Nimrod lo hipnotizó la belleza de Amtalai. Si bien había escuchado muchas historias sobre ella, jamás la imaginó tan hermosa.

Téraj rompió el largo silencio diciendo:

—Es un honor conocerte, noble hija del rey de Akadia.

En seguida mandó pedir un par de copas de vino y cortésmente solicitó la venia del rey Karnebó para invitar a la princesa a dar un paseo por los extensos y perfumados jardines del magnífico palacio.

Apenas iniciado el recorrido y sin haber cruzado una palabra, el vestido de Amtalai se enredó entre unas ramas ocultas por hojas secas, lo que la hizo perder el equilibrio justo a la orilla del lago.

Pero, con gran destreza, Téraj alcanzó a detenerla y sus rostros prácticamente se rozaron. El joven la miró fijamente. La mirada de Amtalai irradiaba pureza y una suave melancolía. Estaba llena de dulzura, llena de vida interna. Él se sintió tan conmovido que no pudo contener una lágrima que rodó por su mejilla.

La princesa intentó hablar, pero Téraj, con una caricia delicada, le tocó ligeramente los labios con los dedos, suplicándole en silencio no romper ese hermoso momento. De pronto, incapaz de detenerse, la besó con fuerza. Cuanta más inocencia descubría en ella, mayor era la intensidad con que la besaba. En ese instante, el tiempo se detuvo; dejó de tener importancia.

Sin embargo, luego, sobresaltado y sumamente apenado, Téraj se apartó y se limitó a decir:

—Comienza a anochecer. Debemos regresar, nos esperan. Lo siento…

Enojado consigo mismo, pensó en todos esos años de entrenamiento, en la infinidad de batallas libradas y las experiencias vividas. Apretó los puños y se preguntó: "¿Cómo pude perder el control así? ¿Dónde quedó esa autodisciplina que siempre me definió? Seguramente Amtalai estará muy ofendida; eché todo a perder en un instante".

Cuando regresaron al gran salón, Semiramis, la atractiva madre y esposa del rey Nimrod, se mostró muy afable. Le contó a Amtalai cómo la gran fuerza y la destreza para combatir de Téraj lo convirtieron en el más cercano y fiel colaborador de Nimrod. Téraj servía con toda su alma a su rey, le era devoto al extremo de no importarle su propia vida. Peleaba con fiereza en nombre de Nimrod hasta someter al enemigo.

Téraj, empero, no sólo puso al servicio del rey su capacidad combativa y su sabiduría: también le entregó su corazón. Lo adoraba y lo veneraba como a una divinidad; se postraba ante él y ante sus estatuas; perseguía sin tregua a quienes no lo aceptaban como su dios.

Amtalai no atinaba a entender qué le había sucedido a Téraj, un semita descendiente de Noé, como ella, para que apenas unas generaciones después no solamente se hubiera alejado del Altísimo, sino que se hubiese convertido en el más fiel e incondicional adorador de Nimrod y de todos esos ídolos hechos a su imagen.

Con todo, la princesa había logrado asomarse al rincón más profundo del alma del joven durante ese tiempo invaluable que compartieron en los jardines. No dejó de advertir cuán disgustado se sentía Téraj consigo mismo por haber perdido el control de esa manera. Sin temor a equivocarse, pensaba que esta había sido la primera vez que le sucedía algo así al apuesto joven.

Esa noche Amtalai tomó dos decisiones trascendentes: se casaría con Téraj y lo llevaría a la Cueva del Ángel cuanto antes. Así se lo hizo saber a su complacido padre, el rey Karnebó.

LA BODA DE AMTALAI Y TÉRAJ

Te llenará de energía, de alegría...
Mantén tu vientre lleno...

CUANDO AMTALAI entró a la majestuosa residencia del primer ministro, los invitados ya estaban presentes. Varias jovencitas acudieron rápidamente a recibir a la princesa para conducirla a tomar un baño perfumado que ya habían preparado. La ayudaron a ponerse un atuendo muy especial y le adornaron el cabello con pequeñas rosas blancas.

Posteriormente la guiaron hasta el lago. Amtalai, confundida, se sentía atrapada en un torbellino al que de pronto le era difícil adaptarse. Se hallaba muy espiritualizada y afectada después de la visita a la cueva.

En el lago, que estaba junto al jardín, rodeado de antorchas, flotaban pétalos multicolores y pequeñas vasijas que contenían aceites aromáticos encendidos. Sobre la superficie del agua se reflejaba una imponente luna que creaba una imagen celestial. Aquel fantástico lugar se había reservado para disfrute de la novia y sus acompañantes.

■ *La princesa Amtalai*

Les pedí a mis damas de compañía dejarme sola un momento. Descalza, sentí la tierra juguetona y fresca bajo la planta de los pies, deslizándose entre mis dedos. Tuve el deseo de sentarme sobre ella. Fue entonces cuando, de pronto, me fundí con la luna y con el cielo. Logré un estado de unicidad y percibí una intensa vibración. Aquella piedra, de la cual nunca me despegaba, tomó ese intenso color azul inexplicable que me colmaba de paz. Téraj se percató de la luz y se apresuró a llegar a donde me encontraba. Se sentó junto a mí y, abrazándome, me besó una y otra vez. Hipnotizados por el inolvidable momento, nos sumergimos en el agua y el tiempo dejó de importarnos.

POCO MÁS TARDE, ya de vuelta en mis habitaciones, se reunieron conmigo el cortejo de damas y mi madre, así como un grupo de inseparables amigas, cuya compañía me resultaba muy grata. Todas ellas se dedicaron a llenarme de amor y buenos deseos.

Endea, mi principal dama de compañía, y por fortuna también mi mejor amiga, era famosa en todo el reino por su gran habilidad para coser y bordar. A lo largo de mucho tiempo, sin que nadie lo supiera, había confeccionado para mí un espléndido vestido de novia.

Por su parte, Semiramis, la esposa del rey Nimrod, también envió un magnífico vestido para esa ocasión tan especial. A mi madre, empero, le preocupó su interminable velo, hilado con finos adornos de oro y plata, porque me cubriría por completo y me haría lucir a mí en segundo plano en ese día memorable.

Lejos de considerar que el velo era un problema, Endea lo vio como una gran oportunidad. Trabajó una noche entera e hizo una combinación magistral de ambos atuendos. Usando únicamente el material del velo del vestido enviado por la reina de Ur, creó una serie de delicadas incrustaciones que agregó en forma de cascada a la parte baja de la falda y la extensa capa del vestido original. Al final, el denso velo se convertiría en un prolongado y suave remate que casi flotaría en la parte trasera del vestido.

Al día siguiente se llevaron a cabo las festividades

previas al enlace matrimonial. En una sala se colocaron los magníficos regalos que me hacían mi futuro esposo, los principales integrantes del gobierno y, en especial, Nimrod y Semiramis. Uno de ellos atrajo mi atención: un pequeño envoltorio de tela roja y gruesa, amarrado a una tablilla. El misterioso presente se encontraba en el suelo, en una esquina del comedor.

Al verlo más de cerca me percaté de que en la tablilla había una leyenda que decía: *AMTALAI, para tu hijo. No lo abras, tan sólo guárdalo.*

Para poder llevármelo sin que nadie se diera cuenta, tenía que distraer a mis amigas. Les dije que era hora de ir a mis aposentos a fin de que me ayudaran a prepararme para la boda.

Siguiendo el ritual prenupcial, me bañaron en las aguas jabonosas de un pequeño y cristalino estanque que se localizaba en un jardín privado. Me perfumaron con aceite de almendras dulces. Y por fin me pusieron el atuendo nupcial. Llevaría el collar de lapislázuli que mi madre usó en su boda y mi cilindro-sello en la mano; además, en una bolsita discretamente adherida al vestido deposité mi inseparable piedra.

De pie, a un lado de la puerta del imponente salón de recepciones, me dispuse a recibir a los invitados. El gran personaje que todos esperábamos era mi futuro suegro Nimrod. En cuanto anunciaron el cortejo real, todos los presentes guardamos silencio y pudimos apreciar las melodías de los músicos que lo precedían.

VARIAS bellas jovencitas portaban canastas con coloridos pétalos aromatizados que lanzaban al paso de los monarcas.

La reina lucía un vestido de tela de hilo de oro ceñido al cuerpo que le daba un aire de voluptuosidad, convirtiéndola en una seductora deidad. Sobre su sedosa cabellera refulgía la corona de oro, con pesadas incrustaciones de rubíes y esmeraldas.

Semiramis era criticada por sus escandalosos vestidos y ostentosas joyas. A pesar de eso, deslumbraba a todo aquel que la contemplaba; levantaba tempestades a su paso y daba pie a que circularan terribles historias en torno a ella.

Las celebraciones nupciales dieron inicio en cuanto los soberanos arribaron.

Al toque de las trompetas, los asistentes se sentaron y se entonó un bello himno de alabanza y agradecimiento a Nimrod, Semiramis, Tamuz —su primogénito y sucesor al trono— y Elíezer, su hermano.

Al mostrar la clepsidra las diez de la mañana, siguieron a Nimrod, su séquito y los sacerdotes principales en su camino hacia el templo. Una vez que entraron, el rey y el sacerdote principal condujeron a Amtalai al santuario del dios-patrono de la ciudad.

La ceremonia empezó con un canto de la concurrencia, que el sacerdote principal dirigió, contestado por un coro de niños. A continuación, el oficiante se dirigió a Nimrod:

—Mi soberano, con el mayor de los respetos te pido que esta bella joven, Amtalai Bat Karnebó, sea entregada por ti a tu hijo.

Nimrod levantó el velo que cubría el rostro de la princesa. Cautivado, la miró fijamente durante un largo rato, hasta que entre los asistentes se oyó un leve murmullo y Semiramis aplaudió de forma escandalosa. Por fin, Nimrod le ofreció el brazo a Amtalai para llevarla hasta Téraj, quien no podía ocultar su emoción.

A su paso, los asistentes lanzaban todo tipo de elogios: "Parece una reina", "¡Qué hermosa es!", "¡Su caminar es majestuoso!", "¡Qué bello vestido!"...

Sin duda, aquella boda sería motivo de comentarios durante mucho tiempo y en muchas esferas.

■ *La princesa Amtalai*

Al llegar al altar con mi prometido, Nimrod nos pidió tomarnos de la mano y Téraj dijo:

—Frente a mi padre, te pido que seas mi esposa.

Antes de que yo contestara, el sacerdote intervino:

—Para con tu esposa deberás ser ante todo gentil, tratarla con respeto. Compórtate bien y bríndale la vida que se merece.

Aconsejado de esta manera, Téraj se acercó y me dio el más dulce de los besos.

Los asistentes aplaudieron con entusiasmo.

El sacerdote continuó dirigiéndose a mí:

—A partir de hoy serás la esposa de Téraj Ben Najor. Me ha sido comunicado que él te ama más que a su alma; eres la luz de sus ojos.

"Es mi deseo que a partir de hoy vivan en un estado de alegría exuberante; que estén en paz con todo el mundo; que gocen la vida; que dejen a un lado el rencor y el temor; que todos sus deseos se cumplan y satisfagan; que la sabiduría y la creatividad fluyan para que puedan educar a sus hijos, convirtiéndolos en grandes hombres".

Entonces me adelanté unos pasos para decir:

—Mi amado Téraj: eres el esplendor del cielo y juro que te amaré para siempre.

DESPUÉS de los formalismos, las trompetas se escucharon una vez más, dando por terminada la ceremonia matrimonial.

Sus majestades se dirigieron al gran salón de banquetes, escoltados por la guardia real hasta el sitial de honor, situado entre la mesa de los novios y la mesa de Karnebó y Ninurti, los padres de Amtalai.

Ya instalados en sus lugares, se sirvieron grandes bandejas rebosantes de uvas, higos, dátiles, aceitunas, almendras, nueces, pistachos y quesos para acompañar las libaciones, seguidos de deliciosos platillos de pescado y carne delicadamente aderezados. Una gran variedad de vinos, servidos opíparamente, complementaban los platillos.

Llegado el momento, Nimrod se puso de pie para brindar por los novios. Luego se acercó a Amtalai para participar en un primer baile de grupo que duró tanto que parecía interminable. Semiramis estaba al borde del colapso… ¡Su esposo nunca había bailado de esa manera!

Nimrod bailó muy cerca de la novia un buen rato sin dejar de mirarla. Los breves intercambios verbales de cortesía entre ambos se agotaron y Amtalai no sabía qué hacer o hacia dónde dirigirse. Téraj, intuyendo el penoso momento por el que pasaba ella, se acercó a rescatarla.

Con suavidad la condujo al hermoso jardín a la orilla del lago. Como las manifestaciones de amor de Téraj se intensificaban cada vez más, Amtalai susurró con amor:

—Espera un poco. Ya pronto partiremos; seguiremos a mi padre, pues hay un lugar a donde debo llevarte.

Un agudo toque de trompetas los devolvió a la realidad y se apresuraron a entrar al salón. Ante el evidente rubor de Amtalai, ciertos invitados sonrieron con expresión de complicidad.

Algunas doncellas encendían lámparas y otras arrojaban pétalos de rosa hacia el centro del salón, donde unos bailarines ejecutaban su arte al tiempo que varias jóvenes iban bailando entre los presentes invitándolos a participar.

Amtalai se dio cuenta de que Semiramis, que había ingerido una gran cantidad de alcohol, ya estaba ebria y había perdido la compostura, lo cual, al parecer, no era usual en ella. Nimrod estaba muy disgustado. Y la novia, por alguna razón, sintió una punzada en el corazón.

Los novios aprovecharon la algarabía del baile para retirarse discretamente.

LA HISTORIA DE LA CUEVA

Si tienen interés en escuchar
el mensaje de amor de la Fuente...

ERA DE MADRUGADA cuando el grupo de viajeros llegó a la montaña situada a las afueras de Ur. En esos momentos comenzaba a despuntar el alba en vivos colores.

El padre de Amtalai dejó a la pareja en un claro pletórico de flores que estaba junto al río. En la ribera había atracadas tres pequeñas embarcaciones que centelleaban por las antorchas que tenían en su interior. Como un espejo, el agua reflejaba aquel hermoso amanecer.

Muy cerca se encontraba una enorme tienda de campaña adornada con listones. Sobre una mesa, en el centro de la tienda, estaba la tablilla que Amtalai debía devolver a su sitio un poco más tarde.

Los recién casados entraron al río jugueteando. Sus risas flotaban en el aire y el esplendoroso sol parecía unírseles y cobijarlos, bañándolos de luz, pureza e inocencia.

■ *La princesa Amtalai*

Hacia el atardecer nos dirigimos a la cueva. Téraj me dijo que mis ojos tenían un extraño brillo, pero yo me limité a tomarlo de la mano y guiarlo al interior hasta llegar al centro. Como cuando entré yo sola, volví a sentir un gran estremecimiento, un elevado nivel de vibración ahí dentro.

Coloqué mi piedra sobre la roca donde había visto al ángel y una luz de color azul intenso cubrió todo el lugar.

En ese momento, desde el fondo de la cueva y acompañado de Raniel, apareció un Ser imponente que, sin preámbulo alguno, comenzó a contar su historia:

"Los nativos de esta tierra aseguran que en la cueva y sus alrededores han visto a extranjeros de apariencia diferente y conducta extraña. Se refieren a los habitantes de la cueva, pero nadie sabía de ellos".

La presencia de este insólito y vigoroso Ser era intensa y notoria. Se trataba de un personaje extraño, con más años de los que representaba y decía tener: más que los de cualquier hombre sobre la tierra. Cargaba sobre sus fuertes espaldas todos los años de sus ascendientes y descendientes.

Pues bien, el maravilloso personaje se sentó frente a nosotros y continuó su narración:

"Mis familiares y yo participábamos en algunas misiones con esos seres excepcionales que los nativos vieron. La primera vez fue en la época del Gran Diluvio, cuando la humanidad aún se encontraba en su infancia.

"Los más asombrosos sucesos de mi vida comenzaron cuando yo, Enoch, bisabuelo de Noé, tomé una mujer para mi hijo Matusalén, quien le parió un hijo llamado Lamec. Más adelante, cuando se casó mi nieto Lamec, tuvo a su vez un hijo con piel blanca como la nieve, mejillas más rojas que las rosas y cabello blanco y brillante. En el momento en que el bebé abrió los ojos, iluminó sus alrededores con una hermosa luz azul. Lamec corrió a contar a todos que su hijo era un niño diferente, como los ángeles del cielo.

"El nuevo padre exclamó:

"—¡Sus ojos son como los rayos del sol y su rostro esplendoroso! No parece haber sido engendrado por mí, sino por los ángeles, y temo que realizará milagros…

"Lamec miró fijamente a su padre Matusalén y le dijo:

"—Te pido, querido padre, que vayas con mi abuelo Enoch, que reside en la Cueva del Ángel, en las proximidades de Ur".

Según el Ser que nos revelaba la historia, ya en la cueva Matusalén se sentó frente a su padre y le detalló lo acontecido y Enoch, con serenidad y tono moderado, le contestó:

"—Hijo mío, en poco tiempo ocurrirá un cataclismo, un diluvio incomparable. Dile a Lamec que ese es su hijo en verdad, que le ponga por nombre Noé. Él escuchará la voz del Altísimo y será el responsable de evitar la extinción de lo creado por Dios en la tierra".

El Ser hizo una breve pausa, para luego decirnos:

"Yo, Enoch, antediluviano, fui salvado para no ver muerte, para guiar y apoyar a mi nieto con la ayuda de Raniel.

"Aquí, en este preciso lugar, se construyó lo que conocemos como 'el arca'. Aquí se nos vio varias veces aconsejando y ayudando a Noé en la construcción de ese gran navío, poco antes de la llegada del Gran Diluvio".

A medida que mi esposo y yo escuchábamos esa voz, nos percatamos de quién era Enoch, de su trascendente papel en la historia de la humanidad.

Al mismo tiempo, las sensaciones y vibraciones que

se percibían eran cada vez más intensas. Así iluminada, la cueva parecía una nube de fuego.

Nos inundaba una sensación de amor indescriptible que jamás habíamos experimentado. Estábamos viviendo una auténtica revitalización. Nos hallábamos en un nivel de conciencia mucho más elevado, en contacto con la Fuente.

Ese inmenso amor que sólo puede comprenderse con el alma nos hizo sentir, aunque fuera por un segundo, unicidad con Dios, Creador de todo lo que existe.

Moviéndose en forma casi imperceptible, Raniel se incorporó para recoger la tablilla que yo debía devolver y, con gran suavidad y en voz alta, compartió con nosotros otra parte del mensaje contenido antes de colocarla en su lugar:

"Y dijo Dios: 'Hagamos al hombre a nuestra imagen, conforme a nuestra semejanza'".

SOFÍA EMPRENDE EL VIAJE

La antropóloga Sofía se dio cuenta de la inconveniencia de aferrarse a los conocimientos presentes, sin dejar que la intuición la guiara por dimensiones desconocidas hacia la inmensa naturaleza del *ser*.

Percibió que cada día cambiaba al aprender, comprobar y entender elementos nuevos, los cuales se presentaban cuando dejaba fluir libremente estructuras que antes desconocía. Avanzaba con pasos más firmes en la medida en que acogía los cambios con amor, con calma.

Sabía que su espíritu le permitía trascender, explorar, oscilar, vibrar. Así, de forma casi imperceptible, se acercaba cada vez más a su esencia.

Con mucho interés, Sofía había leído el primer cuento del abuelo. Inquieta, se preguntaba: "¿Cómo es que en este primer libro se menciona la existencia de una cueva, una historia a la que muy poca gente tiene acceso?".

Debía encontrar las respuestas a sus propios cuestionamientos. Y, para ello, el viaje era determinante. Por eso decidió emprenderlo no sólo con su esposo Pierre, sino también invitar a su colega David a acompañarla. "Definitivamente", se dijo, "tenemos que hacer el viaje que planeamos".

Cuando David escuchó el relato de Sofía, se acordó de un informe que llevaba algún tiempo olvidado en un cajón y decidió dárselo. A ella le extrañó notar un ligero temblor en la mano de su amigo en el momento en que se lo entregó.

En el documento se mencionaba lo siguiente:

Existe una formación cavernosa en un área restringida del Monte Ararat al norte de Irak, la cual emite una extraña luz.

Hay evidencia de que algunos grupos están dispuestos a burlar la guardia iraquí, sobre todo por la noche, con la intención de observar dicho fenómeno a la luz de la luna.

Sofía puso freno a su tendencia a analizar lo que se le pusiera enfrente y dejó que las cosas sucedieran.

Una vez que emprendieron el viaje, ya encontrándose en aquella región e instalada en el desvencijado transporte que los llevaría al monte, Sofía estuvo pensando en lo que ocurrió desde que llegaron.

■ *Sofía*

En Kurdistán nos recibieron afectuosamente unos amigos de toda la vida. Nick y Ana tenían unos gemelos de tres años que no paraban de correr y patear alegremente una pelota.

Aun cuando hacía buen clima y el ambiente era agradable, nos preocuparon los comentarios sobre las constantes incursiones militares a los sitios considerados tesoros antropológicos.

Nick nos habló de las múltiples ocasiones en las que habían tenido que refugiarse con amigos en Mardin, cruzando la frontera hacia Turquía, para proteger a los niños. De modo que ese ambiente tan pacífico resultaba en realidad un irónico contraste que forzaba a mis queridos amigos a tener las maletas siempre preparadas.

David dio con el organizador de las excursiones nocturnas y decidimos ponernos en camino esa misma noche, ante los rumores de un inminente ataque.

Mis amigos nos dieron un duplicado de las llaves de su casa por si se veían obligados a partir antes de nuestro regreso. No obstante, y pese a las vicisitudes, era obvio que no teníamos intenciones de abandonar nuestros planes… antropólogos al fin. Nos despedimos con un fuerte abrazo.

Era una noche tranquila, de luna llena. Tan grandes, brillantes y cercanas se veían las estrellas que parecía que nos caerían encima. Era como si pudiera atraparlas con sólo estirar el brazo.

Por razones de seguridad, nos detuvimos a un kilómetro de distancia de nuestro destino. Si bien se sentía calor, se asomaban algunas nubes amenazantes.

Caminamos hacia una oquedad relativamente estrecha en la montaña y entre los cuatro acarreamos rocas y ramas secas hacia el interior. De inmediato percibí el carácter hostil, húmedo y frío de aquel lugar.

Cuando terminamos de acarrear todo aquello, Damián, el guía, nos aclaró que nos encontrábamos dentro de la cueva y que teníamos una hora para explorarla. Luego debíamos apresurarnos a regresar, pues temía que fuéramos descubiertos en esa zona tan restringida.

"¡Pero qué robo y pérdida de tiempo es esto!", me dije. Todos nos miramos indignados y estábamos a punto de ir a reclamarle cuando oímos un disparo.

Damián entró despavorido dándonos instrucciones de tapar la entrada con todo el material que habíamos apilado.

Desde donde nos encontrábamos oímos el sonido de aquel desvencijado vehículo en el que habíamos llegado, que pasaba peligrosamente una y otra vez cerca de la entrada, aunque por fortuna no nos descubrió.

Así transcurrieron muchas horas hasta que perdimos la noción del tiempo. Damián, con cierta frecuencia y una increíble habilidad ancestral, estuvo matando a los reptiles que aparecían a nuestro alrededor dentro de la cueva.

En algún momento, el presagio de las nubes se cumplió y comenzó a llover. Dado que nos encontrábamos atrapados en la cueva, para no agotar las pocas provisiones que aún teníamos Pierre y David se pusieron a recolectar el agua de lluvia que escurría a través de unas grietas.

La tenue luz que alcanzaba a filtrarse me permitió distinguir en un rincón, prácticamente oculta detrás de una gran roca, una especie de piedra preciosa. Parecía una amatista, pero tenía el brillo y el corte de un diamante, además de un hermoso color violeta.

Le pregunté a Damián de qué color era la luz que emitía la cueva. Alzando los hombros, contestó:

—No lo sé, nunca la he visto. Pero si la gente insiste y me paga bien, yo los seguiré trayendo.

Tomé la especie de piedra y la oprimí con las manos tratando de averiguar su naturaleza, hasta que cedió ante la presión y se abrió un compartimento del que brotó arena. En mis manos cayó una piedra en forma de gota, la cual irradiaba en su periferia una nítida luz azul. Al mismo tiempo, pude observar cómo mis manos se bañaban de una bella luz violeta que se expandía, poco a poco, por todo el lugar.

Sin saber por qué, me eché a llorar como una tonta. Sin embargo, no me brotaban lágrimas, a causa del grado de deshidratación que presentábamos. Creyendo que los nervios me provocaban aquella reacción, Pierre me acercó un termo con agua y tiernamente me dijo:

—Toma, amor; bebe despacio.

Con un rápido ademán Damián nos indicó no hacer ruido, pues el vehículo estaba muy cerca de la entrada. El guardia que lo conducía se comunicaba por radio; lo escuchamos decir que ya no tenía provisiones y que regresaría al campamento. Lo reemplazarían en una hora. Al oír que el vehículo se alejaba, nuestro guía sonrió y sacó su radio de la mochila para pedir auxilio de sus compañeros. Ellos conocían ese monte mucho mejor que los guardias y seguramente nos ayudarían a salir de ahí a salvo.

En el vuelo de regreso a casa no dejé de pensar en todo lo sucedido. Tampoco pude esperar un minuto más y comencé a leer el segundo cuento del abuelo.

Repentinamente, había comprendido con claridad las palabras de Nathán.

SEGUNDO CUENTO DEL ABUELO

LA FUNESTA ADIVINACIÓN

Mi vientre crecía, tenía vida...
E insistía día y noche...

DÍAS DESPUÉS, cuando los recién casados regresaron a Ur, Téraj fue llamado urgentemente a una audiencia privada.

Nimrod salió muy exaltado a recibirlo. Lo atribulaba una decisión que acababa de tomar.

—Téraj, fiel servidor, hijo mío... Hay algo muy grave que debo decirte, algo que debo compartir contigo cuanto antes a puerta cerrada.

La razón de la urgencia era una medida que causó un impacto de enormes proporciones en la ciudad de Ur. Entre sus habitantes había gran conmoción; a muchas madres se les desgarró el corazón luego de escuchar la lectura de un terrible edicto que anunciaba:

Se decreta la muerte de todos los niños varones que a partir de esta fecha nazcan en el imperio que comprende la Mesopotamia entera y tierras adyacentes.

Con el sacrificio de los niños, Nimrod quería evitar que se cumpliera la funesta adivinación que le habían comunicado sus astrólogos: "Hemos visto en las estrellas que tu imperio será arrebatado por un descendiente de Shem, hijo de Noé, que reconquistará el trono que en otros tiempos les fue arrancado a sus antepasados".

Luego de hablar con Nimrod, Téraj comprendió que debía actuar rápidamente e ir a las casas de las madres que estaban a punto de parir, comenzando con las familias de sus soldados de más confianza. Cundió la alarma entre muchos de ellos, quienes, además de verse afectados personalmente, sabían que venían muchos niños en camino para formar parte de ese pueblo progresista, lleno de gente muy joven.

Por su parte, Amtalai pensó en un plan para salvar a los niños: sustituirlos por niñas antes de que irrumpieran los soldados.

Afligido, Téraj se dijo: "Si esto hubiera sucedido antes de visitar la cueva, yo habría sido el primero en perseguir a los niños en vez de ayudarlos". Aquella luz azul, que tanto lo había impactado, iluminaba cualquier lugar al que su esposa se aproximaba y él se preguntaba constantemente cuál era su significado, si tendría algo que ver con la venida de un bebé. Estos pensamientos lo llevaron a orar constantemente al único Dios Creador de todo lo que existe en el cielo y en la tierra.

Téraj sabía que en su caso nada resultaría fácil, si estuviera involucrado su primogénito. Otros podían escapar de tanto control, ocultando al niño el primer año con algún familiar que tuviera más hijos. Así, infinidad de familias vivirían eternamente agradecidas.

Aunque Téraj ordenó erigir un edificio donde se llevarían a cabo los sacrificios de los niños, en realidad, ayudado por el grupo de soldados que habían sido seleccionados, simuló dichos sacrificios, que supuestamente tenían lugar todos los días en la madrugada. Su finalidad era salvar a la mayoría de los pequeños; apesadumbrado, sabía que algunos morirían sin remedio.

Si bien Téraj y Amtalai —quien lo apoyaba— arriesgaban la vida, no les importaba; la mano de Dios los había tocado y cambiado para siempre.

Amtalai logró transmitir a su esposo esa devoción, lo cual le daba tranquilidad. Sin embargo, sabía que guardaba un secreto que únicamente el ángel de la cueva conocía. Pero, ¿era acaso tan sólo un ángel? Después de escuchar la historia que les relató Enoch, de haber vivido aquella inolvidable experiencia, se lo cuestionaba una y otra vez.

Ahora era imperativo mantener la calma y procurar que en presencia de Nimrod y Semiramis todo fluyera con naturalidad para no despertar en ellos ninguna sospecha acerca de lo que estaban haciendo.

Los recién casados tuvieron que atender muchas invitaciones, acudir a un sinfín de celebraciones y festejos. Se convirtieron en la pareja más popular de la realeza. Se propusieron pasar el mayor tiempo posible en este tipo de eventos y aparentar que estaban de fiesta.

Había, empero, un escollo insospechado en su camino… Semiramis no tardaría en empezar a planear cómo deshacerse de la princesa. Estaba celosa porque Amtalai, sin darse cuenta, atraía toda la atención, era dueña de un aura cautivadora.

Por consiguiente, la reina saltó de alegría cuando se enteró de que Amtalai estaba embarazada. "Seguramente será un varón", pensó, deleitándose con el futuro atroz que les esperaba a ese bebé y a su madre.

EL SEXTO DÍA

Una hermosa mujer de abundante cabellera oscura bailaba alegremente... Daba grandes vueltas por toda su casa... Sus enormes ojos azules centelleaban como estrellas...

EN AQUELLOS días aciagos, la Mesopotamia se encontraba sumida en un profundo mar de llanto. La tierra desfallecía ante los lamentos de las familias enlutadas que pagaron con la vida de sus amados hijos la cuota de sangre que exigía el desalmado conquistador para salvarse.

Los hogares que esperaban el nacimiento de un niño eran rigurosamente custodiados hasta el momento del alumbramiento. Si se trataba de una niña, madre e hija permanecían sanas y salvas; pero si la infortunada madre paría un varón, la llevaban, incluso a rastras, al edificio de los sacrificios para que presenciara la muerte ritual de su propio hijo.

Sólo un hogar en tales circunstancias y en todo el imperio carecía de esa vigilancia: el de Téraj.

Si bien en palacio todos sabían que Amtalai, la esposa del primer ministro, estaba preñada, Nimrod decidió no enviar la guardia real a su casa, considerando que Téraj había probado ser el súbdito más leal del reino.

DESDE EL DÍA en que la princesa quedó embarazada la rodeó aquel refulgente halo azul. A medida que la gestación avanzaba, la luz formaba esferas que se movían incesantes de un lado a otro, agrandándose y reduciéndose rítmicamente, titilando y palpitando como un corazón.

A partir del primer momento en que ocurrió, Amtalai quedó embelesada con la belleza y la dulce melodía que producía la luz. La angelical presencia la subyugó. La luz la seguía por doquier y en ocasiones espacios considerables llegaban a inundarse de ella.

Por fin llegó la madrugada del 6 del mes de Tishréi. Ese día se cumplían siete meses del inicio de la matanza de los niños. Reinaba aún la oscuridad cuando las esferas empezaron a crecer, girando alrededor de Amtalai, quien se disponía a parir. Las esferas iluminaron con tal intensidad la casa que hicieron público el advenimiento de un varón, el primogénito del primer ministro.

Al poco tiempo, en la expectante ciudad de Ur todos hablaban del asombroso acontecimiento que había tenido lugar esa madrugada en la casa de Téraj.

Más tardó Semiramis en enterarse que en darlo a conocer al poderoso rey Nimrod, quien reaccionó levantándose bruscamente del trono.

—¡Habría sido mejor enterarme por boca de Téraj! —exclamó sin ocultar su enojo.

Se dirigió hacia las columnas que rodeaban el sitial. Subió y bajó del estrado varias veces. Caminó largo rato alrededor del trono.

Transcurrieron minutos eternos antes de que pudiera tranquilizarse. Entonces pensó que no tenía de qué preocuparse y se dijo: "Téraj se presentará para cumplir con el edicto porque es el súbdito más leal. Además, como encargado del sacrificio de los niños, deberá dar el ejemplo".

Sin embargo, ese día nada supo de Téraj.

Al otro día, por la mañana, Nimrod envió a la residencia del primer ministro a un guardia, quien regresó horas después sin la respuesta deseada. Lo mismo ocurrió en varios intentos más. Finalmente, a media mañana del tercer día, el rey, furioso, le hizo llegar un ultimátum a Téraj para presentarse con el niño.

Faltaban unas horas para que se cumpliera el plazo

estipulado. Nimrod se mostraba impaciente, sin querer admitir que empezaba a dudar ya de la lealtad de Téraj. Y es que este, al no acudir de inmediato, daba la impresión de que desafiaba la autoridad del rey, con lo cual lo ponía en serio riesgo de perder su poder y su reino si se cumplían los augurios de los astrólogos.

Haciendo un gran esfuerzo por guardar la calma y no perder la confianza en Téraj, Nimrod le dijo a su mujer:

—No debo angustiarme. La fidelidad y la devoción que me profesa Téraj vencerán cualquier obstáculo, superarán cualquier prueba. Por eso lo escogí para esta misión en la que peligran mi vida y mi trono.

—¿Cómo permites que un extranjero se atreva a desobedecer tus órdenes al no presentarse de inmediato con el niño? —cuestionó Semiramis.

—Téraj cumplirá —adujo el rey—. Siempre se ha distinguido por su obediencia. Como un hijo, me ha demostrado la incondicionalidad de su amor por mí. No creo que me traicione en estos momentos tan difíciles, a sabiendas de que con ello pondría en peligro mi linaje.

La reacción de enojo de la reina no se hizo esperar:

—¡Es inadmisible que confíes en un semita, cuando las profecías dicen que pronto reconquistarán el trono y el imperio de Sargón I! Hablo de tu trono, de tu imperio, Nimrod.

—Mujer, no olvides que, a pesar de su origen semita, Téraj me ha salvado la vida en muchas ocasiones. Y lo ha hecho sin reclamar beneficio alguno para él o para su gente, ni reconocimientos, ni mucho menos pago por sus proezas.

—Excelencia —cuestionó Semiramis con sarcasmo—, ¿podrías explicar por qué este hijo al que gozas apadrinar y a quien llamas "el hombre más leal del reino" no se ha presentado a tan sólo unas horas de que venza el plazo que le fijaste? —Por toda respuesta, Nimrod se quedó callado. La reina insistió—: Debió cumplir con su obligación al instante, dada su posición en tu gobierno. Majestad, me atrevo a afirmar que tu súbdito preferido, tu hijo adoptivo, ya no te obedece.

—¡De ninguna manera me harás titubear! —rebatió el monarca—. Téraj me obedece ciegamente y como prueba basta ver que todos los días dedica los mejores sacrificios al rey-dios patrono de Ur.

En su sitial de oro macizo, Nimrod se colocó la pesada corona; tomó el cetro imperial, símbolo de su poderío, lo apretó y afirmó:

—En mi calidad de dios-patrono de esta ciudad capital, declaro que Téraj se presentará antes de que venza el plazo.

Así inició de nuevo la espera. Nimrod se quedó sentado durante un tiempo. Después, sacudió fuertemente la cabeza, apretando la corona con las manos; se puso de pie y trató de apoyarse en las columnas que rodeaban el trono. Se encaminó a la puerta principal, se detuvo bajo su marco y se recargó pesadamente, cabizbajo. Ahí permaneció otro largo rato. Luego se enderezó y, entrelazando las manos, dijo en voz alta:

—Sé que mi hijo Téraj acudirá puntualmente a cumplir con su compromiso.

Semiramis no pudo más. Furiosa, salió de ahí, seguida de su guardia personal. Se trasladó directamente al edificio de los sacrificios, subió al salón de la muerte y se dispuso a esperar al primer ministro.

En su casa, Téraj pensaba en los miles de niños que había logrado salvar, pero también en todos aquellos cuya muerte le fue imposible evitar. Todos y cada uno de los pequeños sacrificados le habían destrozado el alma. Con gran aflicción, se percató de que esa mañana se cumplían siete meses y tres días desde que empezó la peor pesadilla de su vida.

Pero otra cosa lo atormentaba: en unas cuantas horas se cumpliría el plazo fijado por el monarca. De no presentarse, al amanecer el rey y su séquito obligarían al súbdito más leal a poner el ejemplo; iban a atestiguar cómo el conquistado soportaba en carne propia tan terrible dolor para salvar al conquistador.

Luego de transcurridos tres días, todos creían no solamente que estaba desobedeciendo a su padre adoptivo, sino que lo retaba.

La aparente rebeldía de Téraj levantó gran expectación entre los cortesanos y la gente cercana al gobernante. Un enfrentamiento entre los dos hombres más poderosos del reino sería un espectáculo único. ¿Acaso por primera vez alguien se atrevería a desafiar abiertamente la autoridad de su rey-dios patrono?

Por eso, conforme se acercaba la hora aumentaba la concurrencia en el salón de la muerte.

Téraj colmó de besos y caricias a Amtalai y se quedó un rato junto a ella, sintiendo su calor. En seguida le dijo:

—Ha llegado la hora de partir. No te preocupes por mí, ve tranquila. Cuando te canses, detente; busca un lugar donde reposar y amamantar al niño. No olvides beber esta leche después de hacerlo y continúa sólo hasta que te hayas recuperado. Cuídate y toma el saquito rojo que estaba entre los regalos, ahora le pertenece a nuestro hijo.

Amtalai partió con el bebé entre los brazos. Su intención era llegar a la cueva ubicada a las afueras de Ur.

Apenas habían pasado setenta y dos horas desde el parto, de modo que se sentía débil y mareada, seguramente por la sangre que había perdido. Se detuvo un momento para alimentar a su bebé, pese a que la leche ya no era tan abundante. Sedienta, bebió de la leche que llevaba.

De pronto escuchó la voz del ángel de la cueva:

—Amtalai, Amtalai, ¿me recuerdas?

Esta vez, ella contestó sin vacilar:

—¡Sí! ¡Qué alegría escuchar tu dulce voz!

La intensa luz azul la rodeó por completo y las fuerzas volvieron a ella.

De pronto apareció Raniel para guiar el camino de la princesa, que, además del bebé, cargaba con cestos de alimento y leche.

Amtalai notó que Raniel se veía más joven, más fuerte, como si el tiempo no pasara por él. Se preguntó cómo pudieron arribar tan rápido al río.

Ahí había una gran tienda de campaña. Dentro de esta, colocado con delicadeza sobre una mesa, se hallaba un vestido blanco con capa color violeta y un manto blanco para el niño.

Raniel le llevó más leche y comida. La abrazó con ternura y se retiró.

Al amanecer, Amtalai salió a pasear al río y se acordó de la primera vez que estuvo ahí, sola, antes de casarse, cuando vivió aquella experiencia que jamás olvidaría y se vio rodeada de la inefable luz azul.

Con paso firme caminó hacia la cueva, portando el vestido y la capa. El bebé llevaba puesto el largo manto blanco.

Amtalai tuvo que cerrar los ojos por un momento cuando entraron a la cueva, pues la luz que ella recordaba iluminaba todo el espacio con una gran intensidad.

Y ahí estaba el enorme ángel, que le regaló una sonrisa. Esta vez ella corrió a sus brazos y comenzó a ascender con él en una sutil esfera luminosa y blanca. De pronto se formó un enorme arco iris mientras se veían flotar por el río, el cual se fue haciendo interminable.

Llegaron a un vívido y colorido valle, un sitio de verdad hermoso y vibrante, donde había un grupo de niños que dejaron de jugar para acercarse a saludarla, fascinados con el tono de su capa.

—Estos niños acompañarán a Abram en sus primeros años —le dijo la dulce voz—. Son los niños de Ur. Relata a Téraj lo que viste, se sentirá más tranquilo. Ahora tienes que partir, amada niña.

Al darse la vuelta para ello, Amtalai descubrió la pequeña cajita, la que contenía la rosa que tantas veces viera en sueños durante su infancia... ¡ya no se acordaba! En ese momento, toda su niñez le pasó por la mente como una sutil ráfaga de viento y se preguntó: "¿Cómo podemos olvidar algo tan bello?".

Al llegar a las proximidades del río, en un claro del bosque, Amtalai se encontró con Téraj, que llevaba a un niño de brazos. Era el hijo de Najar, su esclava de toda la vida, a la que convenció de ayudarlo.

Najar había dado a luz a su bebé varón poco antes que su esposa. Téraj le dijo:

—Najar, tú naciste y creciste en esta casa, eres parte de mi familia. Siento amor por ti y me entristece lo que tiene que acontecer. Necesito tu ayuda. Ven conmigo y con tu bebé a donde debo presentarme en unos minutos a realizar el sacrificio.

Recostada en su camastro, Najar abrazaba desconsolada a su bebé, oprimiéndolo amorosamente contra su pecho porque no cesaba de llorar.

Apenas unas horas antes, la mujer se había desmayado cuando su ama se marchó con el pequeño recién nacido.

—Únete en oración conmigo, Najar —insistió Téraj—. Pidamos al Altísimo que escuche nuestros ruegos y nos ampare para que todo salga bien.

Ambos se tomaron de las manos y oraron con humildad y convicción.

Najar, agitada, alzó la cabeza, tomó a su bebé y lo contempló largamente. Quiso decir algo, pero sólo entreabrió los labios sin poder emitir palabra alguna. Aunque era presa de la ansiedad y el miedo, abrazó apaciblemente al bebé y lo reconfortó hasta que dejó de llorar. Luego se volvió hacia su amo y, con manos temblorosas, le entregó a su preciado niño.

Antes de salir, Téraj le recalcó a Najar que debía estar muy alerta y seguir con exactitud las instrucciones cuando se encontraran en el salón de la muerte. Era importantísimo moverse a la vez con sigilo y precisión.

Najar, de pronto envuelta en una extraña paz que no alcanzaba a comprender del todo, le comentó a Téraj:

—Mientras orábamos, escuché la voz del Altísimo que me decía: "Salvaré a tu hijo".

Aún muy nervioso y con miedo, Téraj siguió adelante con su plan, agradecido con los amigos que lo ayudaron a poner en marcha la peligrosa estrategia para salvar a su hijo.

Llegó con el bebé al edificio de los sacrificios. Lo acompañaba Najar. Nadie cuestionó la ausencia de Amtalai, ya que, por consideración a su investidura, fue eximida de estar presente.

El llanto del bebé parecía retumbar por toda la ciudad. Los habitantes lo oían con el corazón roto porque amaban a Téraj y lamentaban la injusticia que aparentemente estaba por cometerse.

Llegado el momento del sacrificio del pequeño, la malvada reina se acercó con gran regocijo. Iba tambaleante por los efectos del alcohol y todavía con una copa en la mano. No ocultaba su satisfacción mostrando una gran sonrisa.

La escena fue fugaz. En el momento preciso en que Téraj dejó caer la espada, Najar se prendió al pecho al bebé, que paró de llorar. Entonces, con un movimiento ágil y súbito, casi imperceptible, ella lo cambió por un pequeño cordero que rápidamente arropó con un cobertor.

La sangre derramada del animal sació la sed de venganza de la reina y el morbo de los presentes.

LA LUNA SE RETIRÓ POR EL OESTE

Volvía a ese maravilloso lugar, a la cueva...
Seguía luchando... respirando...
comiendo poco a poco...

RANIEL CONTEMPLÓ enternecido la sublime imagen de Amtalai arrullando a su bebé. En seguida lo tomó entre sus brazos, junto con el misterioso envoltorio rojo que le dio la princesa para el pequeño.

—El Altísimo nos reveló el nombre de tu hijo, es Abram —le indicó a Amtalai—. Nos anunció que se le llamará así sólo durante una parte de su vida. En un día muy especial, Dios mismo le hará saber su nuevo nombre y la importante razón por la cual le será cambiado.

"El día en que Dios cambie su nombre, al agregarle letras, aumentará la fuerza en su interior, en su alma, y Abram será la cabeza de muchos pueblos y de muchas naciones".

—Gracias, Raniel —musitó Amtalai—. Bendito seas. Eres un ángel, ¡cómo es posible que no lo haya visto antes con tanta claridad, si siempre lo has sido! Eres tan sólo amor y pureza.

Raniel se despidió con un abrazo y se dirigió a la cueva. Ahí, extrajo del misterioso envoltorio tres círculos concéntricos, los cuales, apenas hicieron contacto con el niño, irradiaron un poderoso haz de luz de siete colores: primero, azul zafiro; segundo, amarillo oro; tercero, rosa; cuarto, blanco; quinto, verde esmeralda; sexto, oro-rubí, y séptimo, violeta. Esos círculos unirían siempre los pensamientos del bebé con el Altísimo; llenarían su alma de virtudes y de esencia de origen que dirigiría sus pasos por el camino de la verdad y la rectitud.

En los primeros años de vida, Abram aprendería a usar su cuerpo y su mente para alcanzar su máximo potencial.

Ocasionalmente, Raniel iba por Amtalai para que viera a su hijo. Al salir, a fin de pasar inadvertida, ella procuraba ponerse un vestido blanco muy sencillo.

Abram crecía muy rápido. Sin embargo, lo que más llamaba la atención era su gran sabiduría y, sobre todo, su enorme capacidad de amar, que emanaba de su ser como una fuente luminosa.

Amtalai agradecía cada instante que pasaba con él.

La inmensa comprensión que tenía Abram del amor le daba la fuerza para hacer frente a cualquier situación y corregirla de ser necesario. En una ocasión detuvo a un joven que le había robado un objeto de mucho valor a un padre con cinco hijos. Con serenidad le dijo:

—Mira de frente a estas criaturas y explícales que morirán de hambre por tu falta de responsabilidad y tu holgazanería.

El joven se avergonzó tanto que Abram le dio un abrazo y un consejo:

—Anda, ve con Dios. Ponte a trabajar, conviértete en un hombre de bien. Verás cuánta paz vas a sentir.

Cuál no sería su alegría cuando al poco tiempo lo encontró y vio que estaba montando un puesto de hilados y cuero para tiendas de campaña, los cuales había seleccionado meticulosamente con el propósito de garantizar la mejor calidad a sus clientes.

Pronto fue momento de dejar a su madre de nuevo y regresar con Raniel. Abram estaba listo para completar la última etapa del aprendizaje con su Padre, nuestro Creador, en aquella armoniosa inmensidad que tanto trabajo le costaba dejar.

Abram, en esta etapa, se dedicó a convivir con seres de su edad, a amar con toda intensidad. Eso lo hacía sentir como un haz de luz en constante movimiento, muy cerca de su Padre, arropado por su infinito amor.

Este sentimiento, que ahondaba cada vez más en su ser, lo mantendría despierto, presto a escuchar la dulce voz del Padre, su única guía, su fuente de sabiduría.

Cuando estuvo listo, cuando llegó el momento, Abram partió rumbo a su hogar, en busca de su madre.

Raniel y Enoch lo colmaron de bendiciones y se aseguraron de que perdiera temporalmente la memoria. Poco a poco Abram reencontraría su camino, sus luminosos conocimientos, a su debido tiempo.

EL REGRESO A LA CASA MATERNA

Algo sabía con certeza:
estaba donde debía estar...

ABRAM SE PUSO en marcha hacia Ur. Iba tranquilo, embelesándose a lo largo del camino con los astros del firmamento: en el día, el sol; por la noche, la luna y las estrellas. También se daba tiempo para disfrutar las vistas del paisaje.

Cuando llegó a las afueras de Ur, se encontró con su amigo Jasrel, quien estaba ocupado tejiendo una enorme tela que serviría para confeccionar una fresca tienda de campaña. Se fundieron en un fuerte abrazo.

En ese momento, alcanzó a ver al padre de los cinco hijos que tiempo atrás sufrió el robo. Abram se sorprendió al ver a las cinco criaturas, todavía muy pequeñas y frágiles; así que sin pensarlo fue a ayudarlos con la carga que llevaban para montar su puesto. Luego, el padre se ofreció a encaminar a Abram hacia Ur, encargándole sus hijos a Jasrel. Cuando llegaron a la entrada de la gran urbe, Abram y el padre se despidieron con afecto y agradecimiento.

Abram sentía la guía de sus amigos celestiales muy dentro del alma. Se sentía acompañado. Sentía que iba con paso decidido hacia su destino.

Una vez que estuvo frente a su casa, se maravilló con los jardines y los recorrió seguido por unos guardias, a quienes anunció:

—Soy Abram, hijo de la princesa.

Esos guardias eran los mismos que habían presenciado los acontecimientos de los días en que Téraj y Amtalai pudieron salvarlo. Lo rodearon con mucha emoción y cariño. No podían creer que hubiera crecido tanto; ya era todo un adolescente, fuerte y vigoroso, de dulce mirada.

Abram se dispuso a entrar por una puerta entreabierta al majestuoso edificio, que tenía muchas habitaciones, rodeadas de lagos y flores. Jugueteó con los pétalos de diferentes colores, percibiendo sus aromas. En un pequeño atrio con pilas de agua se lavó los pies y las manos, y pasó a un patio interior espacioso y soleado, de piso pavimentado. Alrededor se agrupaban el recibidor, la cocina, las habitaciones que ya había recorrido por la parte de atrás, así como el altar al dios-patrono de la ciudad de Ur, el gran Nimrod.

Subió por una pulida escalera, debajo de la cual se escondía el cuarto de aseo. En el piso superior se ubicaban las amplias habitaciones privadas de la familia y las de huéspedes.

Un pensamiento cruzó por la mente de Abram: en esa casa vino al mundo, como ciudadano de una formidable ciudad, heredero de una gran tradición y también de todo lo que ahora lo rodeaba. Admiró los hermosos cuadros, las alfombras finamente trabajadas, las vasijas y objetos de decoración labrados con delicadeza por los mejores artistas.

De pronto, al acercarse a una de las habitaciones, oyó una voz que le resultó conocida, de modo que entró y caminó hasta el fondo. Allí vio a una bellísima mujer sentada frente a una ventana. A su lado, dos muchachos hablaban y cantaban quedamente, al tiempo que tallaban unas vasijas en fina madera.

Sin apartar la mirada de la escena familiar, el joven Abram se quedó inmóvil y experimentó un fuerte estremecimiento. En eso, Amtalai se volvió y lo reconoció. Corrió a abrazarlo y besarlo. ¡Qué felicidad! ¡Cuánto tiempo había transcurrido! Para ella había sido una eternidad.

—Abram, mi hijo del alma, ¡no sabes cuánto anhelé

que llegara este día para estrecharte entre mis brazos! Por fin estás en casa con todos los que te queremos.

Los dos muchachos también lo abrazaron amorosamente.

—Estos jóvenes tan altos son tus hermanos, Najor y Jarán, quien goza mucho haciendo bromas.

Amtalai, sonriente, no cabía en sí de gozo. No podía ocultar su dicha por el retorno de su amado hijo.

Y para mayor felicidad, poco después entró Téraj, quien, al ver a su hijo de regreso, se le abalanzó y por largo rato lo estrechó entre sus brazos, entregándole el alma y el corazón.

Durante la comida, Téraj le contó la historia de su nacimiento. Abram comprendió lo que sus padres hicieron para salvarlo a él y a otros tantos recién nacidos. Siempre les estaría profundamente agradecido por todo su amor y protección.

De igual manera, supo de la ayuda que Najar les prestó. Más adelante le mostró su gratitud también por su gran generosidad y nobleza. La mujer lloró inmersa en aquel recuerdo y, conmovida, le dio la bienvenida.

EL VENDEDOR DE ÍDOLOS

Tú no sólo te pareces al maestro,
te expresas como él.
Las palabras se las llevó el viento...

TRANSCURRIDO un tiempo desde su llegada, Abram se dio cuenta, con preocupación, de que su hermano Jarán se ausentaba mucho, se comportaba en forma extraña y era muy agresivo con él.

Un buen día decidió seguirlo. Jarán iba a un pequeño mercado que estaba no muy lejos de su casa; llevaba un saco grande lleno de figuras de arcilla. Abram pensó que se trataba de las que decoraban junto con su madre.

Jarán entró a un puesto de venta de ídolos. Ahí ya se encontraba Najor. Los hermanos eran, ni más ni menos, los dueños del puesto.

"¿Cómo puede ser?", se preguntó Abram, sorprendido por haber descubierto aquello, pues sabía muy bien que su madre Amtalai, con dedicación y cariño, les había inculcado a sus hijos otras creencias y una educación diferente.

Por supuesto, Abram reconocía que la venta de ídolos era muy común en Ur, su ciudad natal y la más poderosa de la Mesopotamia, donde Nimrod era considerado rey-dios. De modo que decidió reservarse cualquier comentario. Antes bien, sonriente, se presentó en el puesto y se ofreció a ayudar a sus hermanos a vender los ídolos.

A Najor le pareció buena idea; no así a Jarán, que no disimulaba su disgusto. En el fondo le tenía envidia y celos a Abram por haber acaparado la atención de sus padres... ¡Quién se creía que era! Pero se le ocurrió que sería divertido ridiculizarlo un rato con esa actividad que le era tan ajena.

—Con gusto acepto tu ayuda —le dijo Jarán a su hermano mayor, para luego agregar amenazante—: Espero que estés consciente de que esto lo hacemos a escondidas de mi madre y que habrá represalias si abres la boca.

Abram respondió a la agresión con un gesto afable.

Pronto quedó maravillado con el ambiente cosmopolita del mercado. Y pese a que por unos instantes se distrajo viendo todo lo que lo rodeaba, el deber lo trajo de vuelta a la realidad y al papel que en ese momento desempeñaba; en aquel sitio era ayudante de sus hermanos, era representante y vendedor de ídolos.

Como la concurrencia aumentaba, se apresuró a acomodar en sus lugares a los ídolos más solicitados, obedeciendo las indicaciones de su hermano.

Los ídolos debían colocarse de la siguiente manera: en el espacio principal, al centro, el dios patrono de la ciudad, Nimrod. A la izquierda, el dios de la luna. A la derecha, el dios del sol, sentado en su trono, con un cetro y su distintivo disco solar en la mano derecha. Atrás de Nimrod, el dios Ninip, un vigoroso cazador que estrangulaba a un león con los brazos; se decía que Ninip era el amo de la fuerza, el señor de la espada y el dios de los ejércitos. Delante de Nimrod, la efigie de Ranian, dios del cielo, de los truenos y de las lluvias, así como señor de los canales. A la derecha de este, Karnebó, dios de la escritura, de la ciencia y de la adivinación, representado como un viejo barbado de larga túnica y tiara con cuernos de toro en la cabeza; este dios se encargaba de dirigir los movimientos de los astros y de cuidar a los reyes.

La estatuilla de este último ídolo indignó sobremanera a Abram, ya que representaba a su amado abuelo Karnebó, padre de su madre Amtalai, el hombre que lo iluminara con su inmensa fe y devoción por el Altísimo. "¡Esto no es posible!", pensó, muy enojado ante tal afrenta. No obstante, decidió guardar silencio.

Sabía que en aquella tierra cada ciudad tenía y estaba representada por su rey-dios. En toda la Mesopotamia predominaba una religión politeísta en la que también se rendía culto a los antepasados. En especial, se adoraba a dioses relacionados con la agricultura, a los cuales se les ofrendaban animales, plantas y, ocasionalmente, sacrificios humanos.

Algunos de los dioses principales eran Anu, dios del cielo; Enli, de la tierra; Ea, del agua; Marduk, de la sabiduría; Shamash, del sol y la justicia, y Tamus, de la siembra.

Por fin terminó Abram de poner en su lugar correspondiente la variada y valiosa mercancía. Comprobó que todos los lujosos adornos que había en su casa paterna no eran sino estos ídolos, sólo que elaborados con materiales mucho más finos.

En medio de un bullicio ensordecedor, Abram se dispuso a atender a los compradores junto a Jarán, que ahora estaba irritado por la rapidez con que su hermano había aprendido el oficio de vendedor de ídolos.

ABRAM ANTE NIMROD

¿Quién eres tú? ¿Cómo te llamas?
¿Dónde naciste?

COMO PREMIO a su magnífico trabajo de poner los ídolos en los lugares que les correspondían, los hermanos le permitieron a Abram atender al primer cliente que se acercó al puesto.

—Muchacho, ¿tienes un dios que me vendas? —le preguntó el cliente.

—¿Qué tipo de dios es el que deseas? —inquirió Abram.

—Mira, como soy un hombre fuerte y de gran vigor, quiero que me vendas un dios que vaya de acuerdo con mi naturaleza.

Después de escucharlo con atención, Abram fue a una esquina del puesto y tomó una figurilla que estaba encima de las otras en la bolsa de ídolos surtidos. Se la entregó al comprador y, con la voz inequívoca de un experto, le explicó:

—Dios es amor, este es el que te conviene.

El cliente escudriñó la estatuilla una y otra vez, no del todo convencido.

—¿Estás seguro de que este dios es fuerte y vigoroso como yo? —replicó.

Abram le contestó, como toda una autoridad, con otra pregunta:

—¿Es que aún no sabes nada acerca de Dios? —El cliente, desconcertado, no respondió nada, ante lo cual Abram prosiguió—: Si este dios que te estoy entregando es el que está encima de todos los demás, es sin duda el más fuerte y vigoroso. De lo contrario, no estaría ahí.

"¿Cómo le hizo para colocarse por sobre todas las cosas? Dios creó todo lo que existe… Es así de sencillo".

Al hombre lo persuadió la suave voz de aquel joven, que rebosaba paz, calma y certeza. Y estaba a punto de retirarse, feliz, con su ídolo en mano, cuando Abram lo detuvo:

—¿Qué edad tienes, buen hombre?

Orgulloso y lleno de energía, el cliente le respondió:

—Acabo de cumplir setenta años.

—¿Y todavía estás buscando a Dios? —cuestionó el joven—. ¿Te inclinas ante ese ídolo de arcilla que adquiriste el día de hoy? ¿O es acaso el ídolo el que se inclina ante ti?

Incómodo y molesto, el hombre aclaró:

—Por supuesto que soy yo quien se inclina ante el dios que te acabo de comprar.

—¡Pero si tú eres mucho mayor que ese dios! —observó Abram—. Fuiste creado hace setenta años, mientras que a este dios lo han fabricado ayer muy temprano con yunque y martillo.

Ofendido, el cliente arrojó el ídolo al suelo y exigió terminantemente:

—¡Devuélveme mi dinero, muchacho irrespetuoso!

Abram hizo lo mismo con otros clientes durante ese día. Al final de la jornada, no sólo no habían vendido nada, sino que los pedazos de ídolos de arcilla recubrían todo el suelo del puesto.

Jarán, hecho una furia, se lo recriminó a Abram. Los dos hermanos menores decidieron sacarlo de ahí y llevárselo de inmediato a su casa. Pero sucedió algo que no esperaban: con un martillo, Abram comenzó a arrasar con todos los ídolos que había en la casa. No paró hasta hacerlos mil pedazos.

JARÁN llevó a su hermano con su padre Téraj, quien se encontraba en una audiencia a puerta cerrada con Nimrod.

Luego de una larga espera, los jóvenes por fin pudieron entrevistarse con el rey y Téraj. Jarán tomó la palabra para darles los pormenores de lo ocurrido y dijo:

—Aquí les entrego a mi hermano, que se ha rebelado contra todos los dioses. —Entonces se dirigió a Nimrod—: Lo entrego para que tú, oh excelso y poderoso señor, lo juzgues y lo castigues.

La primera reacción del rey fue de sorpresa: ¿de dónde había salido ese tercer hijo de Téraj? Pero en seguida le restó importancia; después de todo, estaba en sus manos.

Les pidió a Téraj y a Jarán dejarlo unos momentos a solas con el joven, a quien le preguntó, reconviniéndolo por su insolencia:

—¿Acaso no sabes que yo soy el amo y señor de todas las cosas que existen en el mundo y que el sol, la luna y las estrellas salen y se ocultan a mi voluntad? ¿Por qué te comportaste de esa manera?

A lo que Abram contestó:

—Has de saber, poderoso rey Nimrod, que desde que el mundo fue creado hasta el día de hoy, el sol sale por el este y se pone en el oeste. Si en verdad eres el amo y señor de todo lo que existe, como tú dices, seguramente no tendrás inconveniente en ordenarle que mañana salga por el oeste y se ponga por el este. Por otra parte, si tú eres el amo de todos los hechos y sucesos, sin duda todas las cosas ocultas te son reveladas; entonces, dime ¿qué es lo que estoy pensando en este instante y qué haré en el futuro?

Visiblemente asombrado, Nimrod tiró de su barba y, antes de que pudiera decir nada, Abram tomó de nuevo la palabra con firmeza y aplomo:

—Noble varón, no te sorprendas tanto. Tú no eres el amo y señor de todas las cosas, ni de todos los hechos, eres simplemente el hijo de Kush. Si fueras el amo de todo, habrías podido salvar a tu padre y a tu abuelo de la muerte y de muchos otros infortunios. Si no pudiste hacerlo con ellos, tampoco podrás salvarte a ti mismo.

Nimrod se rehusó a seguir escuchándolo. Ordenó que entrara Téraj y le anunció:

—Tu hijo ha cometido un acto irreverente en contra de los dioses. Su conducta es injustificable e imperdonable y, como bien sabes, su delito se castiga con la pena capital. Por consiguiente, ordeno que mañana, al amanecer, sea arrojado al fuego.

A continuación, el rey se volvió hacia Abram y le dijo con tono magnánimo:

—Escúchame bien, muchacho rebelde. Por la relación que tengo con tu padre y tu madre desde antes de que tú nacieras, yo, el amo del mundo, estoy dispuesto a perdonarte si te inclinas ante el fuego.

Abram respondió sin pensarlo:

—¿No sería mejor que me inclinase ante el agua, porque esta apaga el fuego?

El rey reflexionó y le contestó:

—Tienes razón. Acepto. Te perdonaré la vida si te inclinas ante el agua.

—Rey, amo de todas las cosas —alegó Abram—, pensándolo mejor, sería mejor que me inclinase ante las nubes, ya que cuando están cargadas producen agua.

—Está bien, muchacho —consintió, ya molesto, Nimrod—. Inclínate ante las nubes y no acabes con mi paciencia.

—Mejor, mi poderoso señor, debería inclinarme ante el viento, pues es el que mueve las nubes y las esparce.

—¡Hazlo entonces, inclínate ante el viento! —gritó el rey.

Pero el joven no había terminado:

—Es que realmente debería inclinarme ante un ser humano... Porque un ser humano está lleno de amor, de luz, fue creado por el Altísimo como extensión de sí mismo. El Altísimo es nuestro único Dios Todopoderoso, Creador de todo lo que existe en el cielo y en la tierra.

En ese momento, Nimrod ya estaba fuera de sí y dio fin al intercambio verbal con una tajante decisión:

—Como yo sí me inclino ante el fuego, a él te arrojaré, joven egoísta e inconsciente. Veo que no te importa causar sufrimiento a tus padres. Y si el que tú llamas Dios verdadero, el Altísimo, es ciertamente todopoderoso, que venga y te salve.

EL MILAGRO DE LA HOGUERA

Debía proseguir... Veía esa brillante luz azul
que me arropaba... Me protegía
y me devolvía las fuerzas para continuar...

NIMROD ORDENÓ a los sacerdotes preparar una gran hoguera en el patio principal del imponente palacio. Al amanecer, Abram sería arrojado a ella por su terrible sacrilegio contra los dioses, en particular contra Nimrod, dios-patrono de la ciudad de Ur.

Cuando Amtalai se enteró, acudió de inmediato al palacio en busca de su esposo, pero Semiramis la interceptó procurando que nadie se diera cuenta y le dijo:

—El rey está dispuesto a cambiar la vida de Abram

por la tuya, si aceptas. Considera que tú, como madre, fuiste la culpable de que el muchacho albergara esas ideas blasfemas. Deberás pasar la noche en el palacio y obedecer mis órdenes.

Con el corazón desgarrado, Amtalai así lo hizo. No logró hablar con Téraj, que estaba reunido con Nimrod a puerta cerrada. Sólo aparecerían a la hora indicada en la explanada del palacio.

Semiramis mandó amarrar a Abram para que no pudiera hacer nada y poco antes del amanecer permitió que Amtalai saliera del pequeño salón donde se encontraba para ordenarle lanzarse al fuego.

Los miembros de la comunidad ya se encontraban rodeando la enorme hoguera. Cuando apareció Amtalai, expresaron con exclamaciones su admiración por la belleza de la princesa. No sólo parecía un ángel, sino que así se había comportado con los habitantes de Ur todos esos años. Los asistentes sabían que estaba por cometerse una injusticia.

En medio de la algarabía, Nimrod y Téraj se asomaron y se quedaron atónitos ante el inexplicable acontecimiento.

Inesperadamente, Amtalai se lanzó al fuego y Semiramis delató su maldad al soltar una sonora carcajada.

—¡Al fin lo logré, hermosa princesa! —gritó sin recato.

En un desesperado y rápido movimiento, Abram se desató como pudo y también saltó a la hoguera. Alcanzó a proteger a su madre, a la que cubrió de besos. La comunidad entera se arrodilló ante aquella escena, admirada y atemorizada al mismo tiempo. Abram hizo salir a su madre de la hoguera pero, frente a las miradas de asombro de los asistentes, se quedó en medio del fuego para evitar otro suceso desafortunado.

Nimrod se enfureció cuando oyó el grito de su mujer. ¿Cómo se atrevía a interferir y contradecir sus órdenes? Entonces tomó una decisión radical: él mismo la sujetó y la empujó al fuego.

—¡Esto es lo que te mereces por insubordinada, por tu perversidad! —bramó Nimrod.

Sin embargo, Abram pudo detenerla en el aire después de que a su padre, Téraj, se le deslizó de los brazos.

Fuera de las llamas, Abram se acercó a Nimrod y en voz baja y serena, para que nadie escuchara, le preguntó:

—¿Tú conoces la historia de tu madre, de tu esposa? Sí, la historia de Semiramis. ¿Sabes que desde que era muy pequeña y durante muchos años fue objeto de sucios juegos, de orgías privadas de su padre y sus hermanos?

"¿Sabes que cuando lloraba desconsolada, abrumada por la tristeza y el dolor, su madre la golpeaba despiadadamente y la castigaba por su comportamiento inadecuado, que tanto molestaba a su majestad el rey?

"¿Sabes que su madre ingirió una mezcla de hierbas venenosas cuando se enteró de que su hija, de apenas nueve años, estaba embarazada?

"De modo que la ocultaron como la vergüenza de la familia, ya que no podían casarla con nadie.

"Cuando tú, Nimrod, cumpliste trece años, su familia murió en una emboscada. Ella, tu madre, se casó contigo para hacerte rey, para convertirte en lo que eres ahora.

"Semiramis no sabe lo que es el amor, el derecho más sagrado de cualquier ser humano, porque nunca tuvo la oportunidad de sentir su presencia, su hermosa cercanía".

Nimrod miró a Abram con estupor. Por un momento sintió que el corazón se le detenía, que se le congelaba el alma. Y en eso cayó en la cuenta de que el fuego al que Abram se arrojó, y en el que permaneció durante largo tiempo, no le había causado daño alguno.

El rey se volvió en seguida hacia la hoguera, como hipnotizado. Vio que de ella emanaba una potente luz azul, de una intensidad tal que iluminaba a toda la comunidad, la cual ya se había postrado alrededor de la hoguera y de Abram.

El joven se dirigió a todos los presentes:

—¡Ríndanle honores al Altísimo, Creador de todas las cosas y de todos los hechos, por quien el sol, la luna y las estrellas salen y se ocultan! ¡Él es quien me ha salvado!

"El Señor es uno y creó al mundo, es un Ser con omnipotencia, responsabilidad y autoridad, cuya supremacía no se funda en el poder ni en su gloria, sino en su rectitud, en su inmenso amor".

Aquello llenó de ira a Jarán, que corrió hacia la hoguera y, cobrando fuerza, le dijo con decisión a Nimrod:

—¡No te dejes convencer, mi gran señor, amo de todo lo que existe! Abram te está mintiendo, ¡aquí no hay fuego!

Entonces, como intentando demostrárselo a sí mismo, ante la mirada horrorizada de la comunidad, sobre todo de sus padres, Jarán se lanzó al fuego. Nadie pudo hacer nada. Ante la impotencia y estupefacción de los presentes, las llamas lo consumieron en tan sólo unos instantes.

El milagro de la hoguera hizo que mucha gente honrara a Abram. Nimrod de inmediato envió un comunicado a toda la Mesopotamia y sus alrededores. Decía: "Yo, Nimrod, y todos los que presenciamos el milagro de Abram y la tragedia de Jarán, hacemos del conocimiento público que quedó demostrado por el Altísimo que de ahora en adelante no deberemos inclinarnos ante ningún ídolo-dios, sino ante el único Dios del universo, Creador de todo lo que existe".

Al poco tiempo, Amtalai recibió la inesperada visita de Semiramis. La reina se veía muy cambiada. Con los ojos arrasados, miró a la princesa profundamente agradecida. Le dio un abrazo prolongado y con voz queda le dijo:

—Sé que posees un corazón muy generoso. Algún

día me perdonarás y llegaremos a ser muy cercanas. Siento mucho lo sucedido con Jarán.

Dándole un beso en la frente, se despidió de Amtalai, quien quedó muy sorprendida.

Durante mucho tiempo, Abram se dedicó a consolar a su madre y procuraba no dejarla sola. Constantemente salían a visitar a distintos grupos de la comunidad de Ur para difundir sus creencias.

En una ocasión, cuando Amtalai ya había recobrado la calma, Abram la invitó a orar con él en un lugar privado. La tomó de las manos, la miró y le habló con ternura:

—Fueron tu amor, tu fortaleza y tu comprensión los que hicieron posible todo esto. ¡Bendita seas!

En una noche de luna nueva apareció sobre la casa de Amtalai una gran esfera blanca que desprendía un resplandor de tal magnitud que toda la comunidad de Ur salió a verla.

La esfera permaneció allí largo tiempo, hasta que una noche estrellada, de luna llena, comenzó a ascender y se perdió en el espacio. Llevaba en el centro una gran nube de fuego.

SOFÍA SE ENFRENTA A LO DESCONOCIDO

SOFÍA TEJE Y DESTEJE, todos esos sentimientos de confusión y temor van siendo sustituidos mientras sigue su ritmo. Va tomando conciencia de ese caminar que siempre debe seguir, que debe fluir en completa libertad; comienza a darse cuenta de que todo aquello que busca fuera lo lleva dentro.

El rabino Nathán miró aquellos ojos a menudo humedecidos por las lágrimas y con voz paternal le dijo:

—Sé que estás entrando a un estado profundo de transición que te es desconocido. No te sientas avergonzada por tus lágrimas, porque son signos vibrantes de tu vida interior. Es algo que tu cuerpo físico no puede manejar, es algo incomprensible que debes conservar.

”Pierre me entregó algo que le escribiste. Si no tienes inconveniente, me gustaría leerlo en voz alta:

” ‘En este momento existe un sitio en la tierra que es muy parecido al cielo: es la sala de infusión para los pacientes y sus acompañantes. En ese lugar, el común denominador es la esperanza; ahí no importa si tienes la piel oscura, blanca, cianótica por falta de oxígeno, amarilla por mal funcionamiento hepático o aceitunada. Nadie se fija en si te falta un ojo o los dos, si tienes deforme el cráneo o cualquier otra parte del cuerpo; todos somos uno, una unidad constante. Corremos a darle un cubrebocas a quien tose y a brindar ayuda a quien la pide con la mirada o intenta protegerse porque no tiene defensas. Le abrimos la puerta con presteza y cariño a cualquiera que entre caminando ya sea con ligereza o dificultad, con una andadera o en silla de ruedas. Ahí da lo mismo tener el cabello rubio o negro, o no tenerlo. En nada influye si eres hombre, mujer, joven o viejo. Es un espacio donde reinan el amor y la confianza. ¡Qué maravilloso sería que todo el mundo se comportara de la misma manera! Viviríamos en un paraíso de paz y de calma’ ”.

Nathán hizo una pausa, reflexionando en lo que acababa de leer. Luego dio un suspiro y continuó:

—Es hora de que conozcas más de Melquizédec, de Abraham, de Sarah. Tengo la siguiente colección de cuentos lista para ti, te ayudará a seguir adelante. La primera vez actué por intuición, ahora lo hago por convicción. Lo entenderás a medida que avances.

TERCER CUENTO
DEL ABUELO

SARAI Y ABRAM

Necesitaba un momento a solas...

SARAI TENÍA una cabellera castaña rojiza tan reluciente que en días soleados parecía una llama viva. De piel muy blanca, ojos de un tono entre azul y verde, claro y transparente como el agua de mar de baja profundidad, llamaba mucho la atención.

En los primeros dos años de vida creció sin su padre, Kamís, quien perdió la vida en una batalla en la que participó junto a Téraj. Eso ocurrió cuando Emira, su esposa, estaba encinta de Sarai. Emira era prima de Amtalai, con quien guardaba cierto parecido.

Téraj le dio personalmente la triste noticia a la mujer. Estaba devastado. Apenas dos años atrás había perdido a su amada esposa, Amtalai, y ahora perdía a su hombre más leal.

—Emira, tu esposo me salvó la vida —le dijo con aflicción. Luego la miró fijamente y le preguntó—: ¿De quién es ese bebé que esperas?

Ella rompió en llanto, sintiendo una gran culpa.

—Es tuyo, mi señor —contestó con voz apenas audible y se alejó de él a toda prisa.

Tres años después, Téraj se casó con ella y adoptó a su niña.

Ya convertida en una encantadora adolescente, Sarai se enamoró de su medio hermano Abram, quien le correspondía apasionadamente. Al principio mantuvieron su relación en secreto y se veían a escondidas cerca del río. Abram era valeroso, combativo y apuesto. Por su carácter ardoroso y rebelde, no tenía mucho recato y no entendía por qué debían callar su amor; después de todo, él siempre externaba resueltamente lo que sentía.

Un buen día tomó a Sarai de la mano y se presentaron ante Téraj con la finalidad de informarle de su amor y pedirle permiso para iniciar los preparativos de la boda. Era la decisión más sabia.

Para su beneplácito, Téraj no se opuso. Por el contrario, no pudo estar más feliz con la noticia. Los abrazó y les dijo:

—Dios nos ha llenado de bendiciones una vez más.

Al poco tiempo los jóvenes se casaron en una sencilla ceremonia.

Abram construyó una vivienda en las afueras de Ur, al lado de la montaña y cerca del río, en medio de un paisaje incomparable. Desde ahí se alcanzaban a ver las fogatas y el fulgor de la gran ciudad.

La joven pareja esperaba con ilusión la llegada de su primer bebé, en aquel lugar que Sarai sabía que era muy especial para su esposo.

Ambos emprendían largas caminatas por el bosque mientras él le contaba su historia. Corrían de un lado para otro, mezclándose con la naturaleza. Abram, que disfrutaba esa vida aislada y austera, era muy alegre y amaba la música; lo mismo tocaba el arpa que la flauta, e incluso elaboró un tamborín para que Sarai lo acompañara.

Sus horas transcurrían en medio de dicha y serenidad. Disfrutaban las cosas más simples de la vida. Las puestas de sol y la salida de la luna les infundían paz, y comían los frutos de la tierra y del río, donde pescaban.

Sarai no perdía detalle de la forma en que Abram interactuaba con los habitantes de la ciudad, quienes lo seguían y respetaban. Atraía a grandes congregaciones y les hablaba de Dios con mucha espiritualidad y elocuencia; los invitaba a entrar en contacto con su alma y a cultivar un amor incondicional hacia sí mismos y hacia los demás.

Era diligente para resolver casos de injusticia. En una ocasión vio a un padre que para castigar a sus hijos les vació cubetas de agua hirviendo. Iba a repetirlo cuando Abram lo alcanzó como un relámpago, le sujetó la mano izquierda con fuerza y poco a poco se la sumergió en el recipiente. El hombre gritó de dolor.

—De ahora en adelante —le dijo Abram—, trata a tus hijos como te gustaría que te trataran a ti, Shémek. Dales amor y amor recibirás, y llenarás tu casa de luz y de paz.

Se despidió de él con un abrazo.

Shémek jamás volvió a castigar a sus hijos; más bien, les daba buenos consejos.

La belleza de Sarai era deslumbrante y causaba gran admiración, lo cual Abram acogía con agradecimiento y sencillez. Era el único que plenamente apreciaba, además de esa belleza, la bondad de su corazón y su alma. La trataba con ternura y delicadeza.

Un día en que, como era habitual, se disponían a hacer oración, Abram le entregó emocionado aquella piedra que perteneciera a su madre y a su familia por generaciones. Sarai la recibió con cariño y, al tenerla en sus manos, sintió una fuerte vibración. En ese momento, aunque no comprendió su significado, percibió que la piedra la conectaba con algo muy profundo que más adelante tendría que dilucidar.

Cuando estaba por cumplir catorce años apenas, Sarai empezó la labor de parto. El bebé venía en mala posición, por lo que fue necesario girarlo. Abram realizó la maniobra con la ayuda de Raniel.

Raniel se llevó al recién nacido de inmediato y, con amoroso cuidado, lo alimentó durante un tiempo con un trapo empapado en leche de cabra.

Abram se dedicó a cuidar a Sarai, quien enfermó de gravedad, y la trasladó a la cueva. A ratos la dejaba ahí a solas, mientras se reunía con Raniel para orar diariamente.

Era entonces, y sólo entonces, cuando ella escuchaba una dulce voz que le decía:

—Sarai, no temas, todo va a estar bien. Aquí estoy contigo, mi amada niña, y eso no cambiará. Siempre que me necesites aquí estaré. Lo único que necesitas es llamar. Recuerda que este será tu refugio para toda la vida.

Cuando se le detuvo la hemorragia a Sarai y comenzó a recuperar las fuerzas, la voz le indicó:

—En unos años, cuando estés más fuerte, cuando sea tu tiempo, tendrás un hijo en la tierra de Canaán y le pondrás por nombre Isaac.

INICIA
EL LARGO PEREGRINAR

Se quedaron muy quietos contemplando la inmensidad...

PASADO UN TIEMPO, Abram sintió la fuerte necesidad de difundir sus creencias, aunque para ello tuviera que peregrinar por distintas tierras y abandonar aquel hermoso lugar y su amada ciudad natal.

Con el apoyo de Sarai, informó de su decisión a su padre, Téraj, y a toda su gente. Ellos, sin dudarlo, le respondieron que lo seguirían a dondequiera que fuera.

En cuanto Nimrod se enteró de los planes de Abram,

decidió mostrarle su agradecimiento y determinó que se uniera al grupo su hijo Eliézer.

Para ese entonces, la familia de Nimrod se había transformado; desbordaba alegría y sus eventos y fiestas eran cada vez más amenos y concurridos.

El sufrimiento y la violencia en Ur habían quedado atrás y ahora reinaba el progreso. Se había recobrado la confianza de la comunidad y de todos sus comerciantes, lo que era palpable en la prosperidad y productividad de Ur, una urbe cada vez más extensa. La influencia del poderoso soberano sobre toda la Mesopotamia y sus alrededores aumentó exponencialmente.

Después de una prolongada y efusiva despedida, y de recibir una gran diversidad de regalos de parte de Nimrod y sus ministros, Abram, su padre y toda su gente comenzaron un largo peregrinaje.

Se dispusieron a viajar por tierras fértiles y pobladas, pues de esa manera encontrarían suficiente alimento y demás suministros para la caravana durante el primer tramo del viaje, que habría de ser cansado y lento.

Las bocas del Tigris y el Éufrates se habían llenado de cieno y eran evidentes los incesantes trabajos de dragado para preservar la prosperidad marítima, aun a alto costo. Poco a poco los dirigentes amorreos de Babilonia agotaban los recursos de las ciudades-Estado sumerias.

Las regiones por las que Abram y la caravana atravesarían se conocían como el Semicírculo Fértil o tierras fértiles de la Media Luna.

Por fin llegaron a la punta norte del semicírculo, en la orilla oriental del río Balikh, que corría desde el sur hasta llegar al brazo norte del Éufrates, a unos doscientos sesenta kilómetros del Mediterráneo.

De pronto, Abram divisó la ciudad de Jarán, un importante centro comercial. Le pareció que era buen lugar para instalarse durante un tiempo, difundir las creencias del Dios único y Creador del universo y recobrar fuerzas para la siguiente etapa.

En Jarán se quedaron unos años y ahí falleció Téraj.

Poco después, Abram ordenó reanudar el peregrinaje y se dirigieron a la tierra de Canaán. A Sarai se le iluminó el rostro de alegría al escuchar ese nombre y recordar que la voz de la cueva lo había pronunciado.

—¿Dónde se encuentra Canaán? ¿Quiénes la habitan? —le preguntó a su esposo.

Abram respondió:

—Canaán es el nombre que se da a la parte de la costa del Mediterráneo que queda al sur de Asia Menor. Está poblada por una mezcla de razas agrupadas bajo el nombre de cananeos, la mayoría de los cuales hablan la lengua semita y hebreo.

■ *Sarai*

Tras unas semanas de recorrido, llegamos a Siquem, donde permanecimos unos días. Después salimos rumbo a Bet-el y luego a Neguev. Nos fue difícil conseguir comida y suministros debido a que la caravana que Abram heredó de su padre era enorme, por lo que rápidamente tuvimos que partir hacia Egipto. Como allí la fertilidad depende de la crecida anual del Nilo, Abram pensó que no habría hambruna.

Desde que dejamos la Mesopotamia me percaté de que a Abram no le agradaba la forma como me miraban a dondequiera que llegábamos. Pensamos que quizá convendría decir que éramos hermanos para proteger a Abram y evitarle problemas y posibles agresiones.

A veces me escondía en un gran canasto para pasar de una región a otra. Era mejor mantenerme alejada de las miradas para evitar conflictos.

La ruta que seguimos nos condujo del Éufrates al Jordán, hasta las ciudades fenicias situadas a orillas del Mediterráneo y rumbo a Egipto.

Al llegar a Palmira-Tadmor, la hambruna era tan grave que de inmediato nos dirigimos a Damasco, donde avanzamos por estrechas callejuelas y oscuros pasadizos plagados de bazares, que cada primavera se vestían con la magnificencia de una interminable variedad de flores, cuyos vívidos colores contrastaban con tal entorno.

En ese sitio, Abram recordó las palabras de Dios Padre sobre la tierra prometida y aquella ocasión en que escuchó su voz, que le decía: "Abandona tu tierra y la tierra de tu padre y ve al país que yo te mostraré, la tierra de Canaán".

Con mucho interés, le pedí hablarme más de esa región desconocida para nosotros. Abram así lo hizo:

—Canaán es una estrecha faja montañosa situada entre la costa mediterránea y los confines del desierto. Su nombre significa "el país de la púrpura", en alusión al colorante rojo intenso —la púrpura— que sus habitantes extraen de un pequeño caracol marino. Se trata de un tinte muy preciado, pues obtenerlo resulta difícil y muy costoso.

"Canaán representa el eslabón que une a Egipto con Asia. Es la ruta más importante que siguen los mercaderes, las caravanas como la nuestra, las tribus nómadas.

"Canaán practica comercio de importancia: con Egipto cambia oro y especias; con Nubia, cobre y turquesas de las minas del Sinaí; lino y marfil por plata de Tauro, cuero de Biblos y vasos esmaltados de Creta".

Antes de llegar a Egipto, mi esposo y yo acordamos presentarnos únicamente como hermanos, pues así nos había funcionado en numerosas ocasiones.

Al entrar a Egipto tuvimos que declarar todo lo que llevábamos y asentar nuestros datos personales. También había que escribir con tinta roja sobre papiro el motivo y la duración del viaje. El papiro se le entregaba al oficial de la frontera para que decidiera si entrábamos y qué pastizales podía usar nuestra caravana.

Egipto representaba la salvación de la hambruna para mucha gente, pero su bonanza y riqueza atraían a nómadas bandidos; esa fue la razón por la que se empezó a construir la gran muralla imperial. La protección se completaba con una serie de fortalezas, torres de vigía y bases militares, así que quien se proponía entrar furtivamente debía esperar a la oscuridad de una noche sin luna.

EN EGIPTO, todo aquel que se cruzaba en su camino reparaba en la gran belleza de Sarai. Pronto la noticia de su presencia se esparció y llegó a oídos de los príncipes, que alabaron su atractivo y gracia ante el mismísimo faraón.

Los elogios fueron tan efusivos que el faraón ordenó invitar a los "hermanos" a hospedarse en el palacio, donde pusieron a su disposición amplios baños de aguas jabonosas y limpias vestimentas. Los viajeros agradecieron en verdad esas comodidades después del duro trayecto de las últimas semanas.

A Abram lo condujeron al gran salón antes que a Sarai y aprovechó la oportunidad para exponerle al faraón la hambruna tan terrible de la que había sido testigo.

—Tal vez podrían ayudar a quienes la padecen si emplearan a más gente —le dijo—. Tienen un gran futuro en estas tierras tan fértiles, pero al entrar observé zonas y animales descuidados.

El faraón mostró interés por lo que Abram comentaba y respondió:

—Enviaré a mi gente a explorar los alrededores para decidir lo que conviene.

También hablaron largo rato de que era posible realizar un comercio rico en mercancías si se dejaba interactuar a habitantes de diversas regiones, en lo cual Egipto poseía mucha experiencia y Abram lo sabía; sin embargo, en ese momento estaba siendo restringido. Le contó la fascinación de la gente al tener acceso a diferentes especias, alimentos secos, piedras preciosas y telares de distintas fibras y ver lo bien que las pagaban.

Muy sonriente, el faraón asintió:

—Estoy seguro de que tenemos mucho que compartir. Bienvenido.

En ese momento entró al salón un grupo de jovencitas que escoltaban a Sarai. Abram la miró sorprendido y el faraón, convencido de que era la mujer más hermosa que jamás había visto, quedó cautivado.

El séquito del harem del faraón se había encargado de engalanar a Sarai, que lucía imponente con un vestido de seda satinado, color azul turquesa, cuyo brillo hacía que sus ojos refulgieran como dos luceros. El vestido caía delicadamente sobre su esbelta figura, dejándole los hombros descubiertos y con un gran escote en la espalda. Un ancho cinturón dorado acentuaba su breve cintura y hacía juego con sus sandalias y su pulsera en el brazo izquierdo, también doradas. Su cabello, resplandeciente y sedoso, estaba recogido del lado izquierdo con un espectacular broche de oro y turquesas montadas en una especie de malla fina, en la que unos pequeños brillantes formaban una bella mariposa.

Para Sarai, aquello era como participar en un divertido juego. ¡Hacía tanto tiempo que no convivía con jovencitas así de alegres!

El faraón compartió con ellos una exquisita y rebosante cena. Luego los invitó a dar un largo paseo por los extensos y profusos jardines del palacio, para el cual se habían encargado plantas y animales de muchas partes del mundo.

El faraón era un hombre muy inteligente, hábil y audaz para cortejar a una mujer, de modo que pronto cautivó la atención de Sarai con sus elocuentes relatos de islas exuberantes situadas cerca de Grecia, donde el agua del mar era exactamente del color de los hermosos ojos de su invitada. Le mostró la gran variedad de flores exóticas que trajo de esos lugares; cortó algunas y se las ofreció para que se deleitara con su deliciosa fragancia. Sarai se sentía transportada a un paraíso terrenal.

En ese momento, Abram experimentó por primera vez algo que más adelante habría de distanciar durante un tiempo a ese excepcional matrimonio… Celoso, se prometió jamás volver a permitir que ningún hombre se acercara a su amada esposa y mucho menos presentarla como su hermana.

Interrumpió abruptamente el paseo, argumentando

que se había presentado un imprevisto entre su gente y debía regresar de inmediato.

Sin embargo, el faraón estaba decidido a no descansar hasta poseer a aquella deidad. Una y otra vez le enviaba costosos regalos y ella los aceptaba para evitar conflictos durante su estancia.

Les permitieron alimentar a sus rebaños en los mejores pastizales, con lo que pudieron engordarlos y recuperarse de los tiempos difíciles. El comercio con los habitantes locales era impresionante. Les fascinaban los diferentes artículos que les ofrecían, por los cuales pagaban muy bien con oro y plata.

Abram vio con satisfacción que empezaban a arribar numerosas caravanas que habían visto en condiciones deplorables en su camino a Egipto y se ponían a trabajar. El faraón había seguido su consejo.

De igual manera observó el gran crecimiento del comercio entre las áreas colindantes y la fértil región de Egipto. Las relaciones comerciales entre distintos grupos beneficiaban a todos.

En su tierra natal, donde se cuidaban más las cosas al no haber tanta abundancia, Abram había aprendido a valorar todo aquello.

Sucedió que, transcurrido algún tiempo, hubo una gran plaga en Egipto. Coincidió con una entrevista que Abram sostuvo con el faraón para informarle que Sarai no podía aceptar su oferta de matrimonio porque no era sólo su hermana, sino también su esposa.

El faraón se llenó de ira y gritó amenazador:

—¡Mira lo que causaste en mi casa, una gran plaga! ¡Esto ocurrió porque me ocultaste la verdad y me hiciste creer otra cosa! ¡Toma a tu mujer y vete de Egipto! ¡No regreses nunca más!

Y los hizo escoltar hasta las tierras de Canaán.

LAS ENSEÑANZAS DEL SABIO DE SALEM

Llegó al grupo que habían formado...
todos estaban sentados en el piso...

■ *Sarai*

LUEGO de muchos problemas y disgustos, por fin llegamos a Canaán, aunque en condiciones muy diferentes de las que padecimos cuando estuvimos ahí antes de llegar a Egipto.

Mi esposo, Abram, era un hombre muy rico no sólo en oro y plata, sino también en ganado, lo cual obligó a Lot, su sobrino, hijo de su hermano Jarán, a separarse para buscar nuevos pastizales. A causa de ello, nos vimos envueltos en situaciones muy difíciles. La más riesgosa fue el rescate de Lot, a quien los ejércitos de Quedarlaomer apresaron como esclavo durante el saqueo de la región de Sodoma. Abram tuvo que derrotar a un contingente del ejército. Así salvó a Lot y su gente, y se recuperó gran parte del botín capturado.

A nuestro regreso, Berá, el rey de Sodoma, salió a recibirnos al valle de Sane. Por su parte, Melquizédec-Shem, hijo de Noé y rey de Salem, sacerdote del Altísimo, se adelantó, ofreció pan y vino a Abram y lo bendijo diciéndole:

—Bendito sea Abram del Dios Altísimo, Creador de los cielos y de la tierra.

Y Abram le entregó entonces el diezmo de todo.

Melquizédec, un hombre fuerte y cálido a la vez, tenía el cabello del color de la miel y ojos del mismo color con destellos azules. Me miró con bondad, me tomó de las manos, me dio un beso en la frente y me dijo:

—Sarai, nunca pierdas tu luz, tu pureza. Es lo que te mantiene tan cerca del cielo, en constante comunión con tu Padre.

Fue la primera vez que sentí que alguien prestaba atención solamente a mi alma, no a mi belleza exterior. No tenía que esconderme ni alejarme.

Comprendí, además, que allí Abram estaba en su medio, en su casa.

A Melquizédec se le conocía como el "Sabio de

Salem" precisamente porque había organizado la escuela de dicha ciudad. Para construirla, instituyó la práctica del diezmo, que se originó en las tradiciones de los antiguos pobladores descendientes de Seth, hijo de Adán.

La única finalidad del diezmo era sostener económicamente a la escuela. Su idea central consistía en ayudar en grupo a organizar y dar continuidad a una actividad o instrucción comunitaria. Esto se realizaba de manera voluntaria, por convicción. Así lo hizo Abram cuando se encontró con Melquizédec, quien se le acercó para anunciarle:

—Amado Abram, en este lugar donde con espontaneidad me diste el diezmo se construirá el Templo.

Abram reparó en un símbolo que había tenido desde niño: los tres círculos concéntricos que Melquizédec portaba en el pecho. Se trataba de una insignia sagrada, una representación de la unicidad que le fue revelada desde muy pequeño y que significaba infinidad, eternidad y universalidad.

Mi esposo se reunió con los discípulos del Sabio y se dispusieron a escuchar sus enseñanzas, que estaban abiertas y accesibles para todo aquel que quisiera escucharlas.

Melquizédec inició un sencillo pero solemne acto en el que los presentes tomábamos conciencia al repetir con humildad: "Creo en el Altísimo, único Padre y Creador del universo.

"Obtengo el favor y cercanía de Dios, por mi fe y no por mi sacrificio, ni por holocaustos.

"Prometo obedecer los siete mandamientos o Heptálogo del pacto de Melquizédec con el Altísimo:

"No servirás a ningún dios sino al Altísimo, Creador del cielo y de la tierra.

"No dudarás de que la fe es el único requisito para la salvación eterna.

"No darás falso testimonio.

"No matarás.

"No robarás.

"No cometerás adulterio.

"No mostrarás falta de respeto a tus padres ni a los ancianos".

En su sermón, el gran maestro Melquizédec prohibía celebrar sacrificios en su ciudad o en cualquier otro sitio donde nos encontráramos.

Con el tiempo, Abram se convirtió en su discípulo más cercano y más sabio, por lo que al final lo nombró su sucesor para mantener viva la verdad del Dios Único.

Melquizédec seguía las tradiciones de la descendencia de Adán y Eva y describía de forma simple cómo era aquella comunidad primitiva donde vivían.

Hablando en primera persona, nos invitaba a preservar en la memoria la cercanía con Dios nuestro Creador, a tocar el amor divino con la mano.

Nos decía que nos hallábamos en un lugar de clima

muy benigno y cálido, con muchos árboles de hojas gruesas, como las de los manglares, los cuales nos proporcionaban espacios ideales para vivir y cohabitar.

Con lianas y hojas construíamos hamacas y balsas para pescar; estábamos rodeados de manantiales, árboles frutales y una vegetación exuberante.

Había noches en que casi podíamos tocar la luna y las estrellas. Entonces nos congregábamos junto al mar para descansar después de un largo día de trabajo; bailábamos, reíamos y cantábamos.

Con una suave tonada, casi un murmullo muy parecido a las olas del mar, las madres arrullaban a sus niños hasta que se quedaban dormidos, mientras nosotros las acompañábamos tocando la flauta.

Después corrían a reunirse con los demás y nos recostábamos a escuchar el sonido armónico de la naturaleza, del Todo.

Sosteníamos conversaciones interminables con Dios. Podíamos sentirlo con una inmensa alegría, con un inmenso amor. Le dábamos las gracias por toda esa energía, con la misma humildad del primer día.

Eran tales la pureza y la espiritualidad de Melquizédec que con su sola presencia nos devolvía a nuestro Ser interior, a nuestro origen, a nuestra esencia, a lo único que existe. Nos colmaba de paz, amor y armonía.

Mi amado Abram había llegado a su destino. Estaba en su hogar. Allí podía concentrarse en orar humildemente y cada vez con más intensidad.

Ello le permitió escuchar de nuevo la palabra del Altísimo, que en una visión le dijo:

—Ven afuera y mira los cielos y cuenta las estrellas. Si las puedes contar, así será de numerosa tu descendencia.

ABRAHAM Y SARAH

Oraban con mucha humildad y concentración.
Le daban las gracias a la vida, sentían unicidad
con el Todo, sentían su amor...

LLEGADO EL MOMENTO, el Altísimo hizo un pacto con Abram. No únicamente le anunció que sería padre de mucha gente, sino que su nombre dejaría de ser Abram. A partir de ahora sería *Abraham*.

Dios le dijo:

"¡Serás padre de pueblos y haré naciones de ti, reyes saldrán de ti! Este pacto será eterno y te daré la tierra de Canaán, a ti y a tu descendencia, en heredad perpetua.

"Por tu parte, guardarás mi pacto, lo mismo que tu descendencia, después de ti y por sus generaciones".

Y dijo también Dios a Abraham:

"A Sarai, tu mujer, no la llamaras más así. *Sarah* será su nombre y la bendecirás. Será madre de naciones y reyes de pueblos vendrán a ella.

"Ciertamente, Sarah te dará un hijo al que llamarás Isaac y confirmaré mi pacto con él y sus descendientes. En cuanto a Ismael, el primogénito, lo bendeciré y haré fructificar y multiplicar en gran manera; engendrará doce príncipes y haré de él una gran nación.

"Por este pacto que celebro contigo y tu descendencia después de ti, será circuncidado todo varón de entre ustedes.

"Circuncidarán, pues, la carne de su prepucio y será señal del pacto entre ustedes y yo.

"Y de edad de ocho días, será circuncidado todo varón entre ustedes por sus generaciones, el nacido en casa y el comprado por dinero a cualquier extranjero que no fuera de tu linaje, y estará mi pacto en la carne de ustedes, por pacto perpetuo".

DESPUÉS DE TODAS esas bellas experiencias, de la estrecha cercanía que Abraham había logrado con el Altísimo, su único Padre, la terrible destrucción de las ciudades del valle de Siddimm lo hizo sentir la necesidad de alejarse y comenzar de nuevo. De modo que Abraham y su gente partieron rumbo a la tierra de Neguev, acampando entre Cades y Shur, en Gerar, a unos sesenta kilómetros al oeste de la costa mediterránea y a treinta de la frontera con Egipto.

Abimélej, el rey de Gerar, cautivado por la belleza de Sarah, preguntó:

—¿Quién es esta mujer?

Ella, al sentir la mirada amenazante de su majestad y sabiendo cuán celoso y protector se había vuelto su esposo, para evitar una tragedia se adelantó a contestar:

—Soy hermana de Abraham.

Sin esperar más, Abimélej envió a una comitiva y tomó a Sarah como esposa.

La condujeron al palacio de Abimélej, donde estuvo varios días recluida en un lujoso aposento, sin atreverse siquiera a pensar en las graves consecuencias de lo que acababa de suceder.

Al entrar al palacio, Sarah miró las múltiples puertas de salas y habitaciones labradas en roble, muchas con imágenes de la esposa del rey, escenas familiares que reflejaban luz y alegría.

Todas las habitaciones daban a un amplio pasillo y constantemente se oían desgarradores quejidos de dolor provenientes de una de ellas. Una madrugada, Sarah, sin poder soportar más aquellos lamentos, decidió averiguar qué ocurría. Salió de su habitación y caminó con cautela por el pasillo hasta la puerta de donde surgían.

Al entrar al aposento reconoció en seguida a la esposa de Abimélej. Se encontraba en grave estado de salud. Sarah ni siquiera lo pensó: se dispuso a cuidarla día y noche, con tanta dedicación y diligencia que el rey no se atrevió a interrumpirla, menos aún a tocarla. Más bien, se decía: "Esta mujer es tan hermosa por fuera como por dentro".

Sarah, que lo veía sufrir por su esposa día tras día, en una ocasión lo confrontó:

—¿Por qué quieres tomar a otra mujer, si la amas tanto a ella?

Él apartó el rostro, muy contrito y mortificado.

Cuando Abraham se enteró de la enfermedad que padecían su esposa y todas sus siervas, le ofreció al rey orar a su Dios para suplicar por su salud.

Al poco tiempo, la esposa de Abimélej empezó a recuperarse. Incluso se embarazó. También sus siervas sanaron y se llenaron de energía.

Abimélej estaba muy agradecido con Abraham.

Una noche tuvo un sueño en el que le habló el Dios de Abraham y le dijo:

"Devuelve a esa mujer que has tomado por esposa. Ella está casada".

Al día siguiente, el rey, fuera de sí, buscó a Abraham y lo cuestionó:

—¿Por qué hiciste esto? ¿Por qué me ocultaste la verdad? ¿Es que acaso Sarah es tu mujer?

—Sí, así es —respondió Abraham—. Aunque también es mi hermana. Callé porque en este lugar nadie adora a mi Dios y pensé que me matarían para llevarse a mi esposa. Jamás me imaginé lo que sobrevendría después.

Abimélej respiró profundamente y trató de guardar la cordura.

—A tu mujer nunca la he tocado, puedes estar tranquilo —le dijo con tono más sosegado a Abraham—. Su presencia nos ha llenado a todos de paz y serenidad.

Entonces el rey tomó ovejas y vacas, siervos y siervas, y se las dio a Abraham, a la vez que le devolvió a su mujer.

Abimélej se dirigió a Sarah:

—He aquí que por la pureza de tu corazón le he dado mil monedas de plata a tu esposo Abraham. Es en señal de mi agradecimiento por los generosos cuidados y consideración que brindaste a mi esposa y a toda la familia. Ahora demos gracias al Altísimo, al Dios de Abraham, quien me ha hablado y ha sanado a mi esposa y a mi gente.

Y, volviéndose hacia su marido, le comunicó:

—Abraham, te estoy profundamente agradecido. Ahí está mi país para que escojas el lugar donde quieras vivir.

LLEGÓ EL DÍA en que el Altísimo visitó a Sarah, como se lo anticipara mucho tiempo atrás, como se lo repitiera en el valle de Mamre. E hizo Dios con Sarah como le había anunciado.

Y ella concibió y le dio a Abraham un hijo, justo en el tiempo que el Altísimo le había dicho.

Y Abraham llamó Isaac a su hijo, y lo circuncidó a los ocho días de nacido.

Pasaron los días y los años, y el niño creció rodeado de amor y cuidados. Sarah estaba encantada de tener a Isaac entre los brazos, después de tantos años de espera.

Isaac creció recio y fuerte, sumamente expresivo, rebosante de sabiduría. Pronto se convirtió en un bello adolescente ante los ojos de sus admirados padres.

ABRAHAM cambió mucho después del incidente con Abimélej. Con el tiempo sus celos fueron aumentando. Se volvió posesivo, dominante, impaciente. No dejaba que nadie se acercara a su bella esposa, ni siquiera sus propios hijos.

Una tarde, Sarah siguió a su esposo y a Isaac, que se dirigieron a un lugar cercano a la tierra de Moría. Estaba intrigada por la conducta tan extraña de Abraham en los últimos días.

Al llegar a lo alto de una montaña, descubrió que Isaac se hallaba de espaldas mientras Abraham lo recriminaba. Sarah no podía creer lo que escuchó.

Abraham levantó la espada, mientras Isaac aguantaba, apretando las manos. Tan profundo era el dolor de su alma inocente que seguramente no notaría el dolor físico inminente.

Sarah se apartó sin interferir. Envuelta en una gran esfera de luz, se concentró e invocó a Dios con fuerza, con mucha humildad, y pudo percibir aquella intensa vibración que no olvidaba.

El Altísimo atendió su llamado de inmediato, reafirmando su promesa, la promesa de la cueva:

"Cuando me necesites, únicamente tendrás que llamarme. Yo siempre estaré para ti".

Dios se le presentó a Abraham en una forma fácil de comprender para él: le detuvo la mano.

Sarah se alejó corriendo. Tenía el corazón roto en mil pedazos. ¿En qué momento había perdido a su amado Abraham?

Encontró a una caravana de gente conocida y, sin dudarlo un segundo, se unió a ella. Usaba vestimentas muy holgadas y se había cubierto la cara y los ojos, buscando pasar inadvertida.

Luego del desagradable episodio, Abraham se encerró durante una semana con su hijo. Isaac, que era muy noble, adoraba a sus padres y a toda su familia, por lo que pronto todo quedó atrás.

Al salir de su aislamiento, Abraham se percató de la ausencia de su esposa y se apoderó de él un temor extremo al pensar que ella se hubiera enterado de lo sucedido. Sarah, que era tan pura, que ignoraba todo lo que la alejara del amor, estaría devastada.

Habría de ser el noble Isaac quien reconfortara a su padre noche y día. Llegaron a darla por muerta y lloraron desconsoladamente.

EL POBLADO AZUL

Era un inmenso manantial...
Era luz infinitamente viviente...
padre madre...

ERA DE MADRUGADA cuando Abraham se acercó al río, en cuyas aguas se reflejaba un majestuoso sol naciente. Él recordó la pureza enorme de su amada Sarah, quien sólo podía encontrarse en un lugar...

Al día siguiente dio instrucciones a su hijo y demás familiares para que se hicieran cargo de la caravana. Tomó algunos animales y provisiones y partió sin decir hacia dónde ni por cuánto tiempo.

Después de viajar sin detenerse, por fin llegó a las

afueras de Ur. Hizo una pausa para refrescarse en el río. Recorrió con calma parte de la montaña, sobre todo la más empinada y su entorno desolador. De pronto se topó con lo que quedaba de aquella hermosa vivienda que había construido con tanta ilusión y se dispuso a reconstruirla.

Diariamente, a mediodía, interrumpía sus actividades para hacer oración.

A medida que pasaba el tiempo, poco a poco, de forma casi imperceptible, todos aquellos sentimientos de temor de los que era presa cedieron su lugar a la paz y el amor. Abraham comenzó a entablar una conversación con Dios de manera natural, sin interferencia alguna.

En cierta ocasión, Sarah se acercó al río para llenar un balde de agua y se dio cuenta de que una intensa luz azul emanaba de aquella casita que tanto recordaba.

Se acercó lentamente y, desde lo alto de la montaña, distinguió a un hombre de cabello rizado y espesa barba negra que llevaba puesto un desgastado turbante que ella sabía que nunca se quitaba… ¡Era su esposo!

Sarah bajó a donde se hallaba Abraham. Él la miró fijamente durante unos segundos que se hicieron eternos. No hubo necesidad de hablar. La cargó delicadamente entre los brazos y así sosteniéndola comenzó a bailar con ella. No cabía en sí de gozo y celebraba desde lo más profundo de su ser el feliz reencuentro.

Abram, o Abraham, volvió a ser el mismo de antes. No se contenía para demostrarle su amor a Sarah y colmarla de atenciones: era un verdadero manantial de agua viva.

Al cabo de un tiempo, cierta vez Sarah lo tomó de la mano y le habló al oído:

—Ven conmigo, recorramos este bello poblado. Comencemos junto al río, en el lugar preciso donde mi alma supo que habías regresado.

Salieron de la casa hacia la montaña y admiraron el paisaje desde la parte más alta. A lo lejos se alcanzaba a ver un pequeño brazo de mar de aguas poco profundas, cristalinas, de color turquesa, como los ojos de Sarah. Abraham no dejaba de sonreír. Pese a que era difícil llegar a la vivienda por el declive de la montaña, él había escogido esa localización porque permitía ver con gran claridad todo lo que los rodeaba. La casa parecía haber sido labrada en la abrupta ladera. Abraham podía quedarse horas embelesado con el extenso panorama, contemplando hacia el norte el majestuoso río que delimitaba la enorme urbe, cuyo magnífico resplandor se apreciaba al anochecer.

Un riachuelo serpenteaba entre las faldas de la montaña y corría al sur, donde el terreno se ampliaba y formaba una pequeña laguna en la que se reflejaban el sol naciente y la luna. Era todo un espectáculo verlos aparecer, si se tenía paciencia para aguardar el momento preciso.

■ *Sarah*

Junto al río había una pradera con higueras y palmas, ese era nuestro lugar favorito para comer cuando comenzaba a bajar el sol. Aquel entorno, apacible y fresco, nos invitaba a hacernos uno con la naturaleza. Imposible olvidar un lugar tan especial.

Muy cerca del agua habíamos montado una gran carpa blanca y una tienda de campaña. En ocasiones pasábamos días enteros sin regresar a la escarpada montaña. Todas las madrugadas disfrutábamos caminar hacia la cueva tomados de la mano.

La cueva tenía dos pequeñas aberturas por las que, en la época más calurosa y sofocante del año, se filtraban los primeros rayos de sol y entraba el refrescante rocío matutino. Era un fenómeno extraordinario que, como pude observar, a mi esposo le traía recuerdos muy especiales, pues con frecuencia se le llenaban los ojos de lágrimas.

Luego nos apresurábamos a salir de la cueva para escuchar el nítido despertar de la fauna del espeso bosque y los sonidos de la vegetación. Todos los días agradecíamos ese momento con gran alegría y era entonces cuando la hermosa luz azul que siempre nos rodeaba se intensificaba y se diseminaba. Era una luz tan cálida que nos abrazaba, nos arropaba, nos llenaba de armonía.

SIETE AÑOS después, Ismael y su esposa pescaban en el río a los pies de una frondosa higuera, mientras Isaac se ocupaba de encender la hoguera en la que prepararían todo un banquete. Querían darle una sorpresa a su padre.

Sarah, siempre rodeada de niños, en ese momento tenía entre los brazos a una recién nacida a la que llamarían Amtalai. Eliana, su hermana más pequeña, se puso muy celosa, en tanto que su otra hermana, Eva, estaba feliz, pidiendo ayudar a cargar a la bebé.

Isaac e Ismael estaban de visita; pronto partirían a reunirse con el resto de su familia. Debían vivir su vida y cumplir con su misión.

Abraham y Sarah acompañarían a sus hijos de regreso a la tierra de Canaán, donde residirían en Kiriat Arba, Hebrón.

Ese tiempo que compartieron con ellos habría de ser muy importante para su futuro, para siempre.

Cuando años atrás Abraham dio por muerta a su amada esposa y se despidió de su hijo Isaac, este se asustó mucho al ver a su padre tan devastado. Convencido de que debía encontrarlo, de inmediato buscó a su hermano Ismael y juntos acudieron a pedir consejo al rey de Salem, Melquizédec, quien era la persona que mejor conocía a Abraham.

El rey se conmovió tanto con la historia de los hijos de Abraham que no sólo les dijo dónde encontrarlo, sino que se ofreció a ir con ellos.

—Su padre tiene que haber ido a su lugar de origen, ¿conocen la historia? —les preguntó—. Él me indicó dónde se ubica; incluso me dio un dibujo con señalizaciones precisas, ya que en ese lugar están cuidadosamente resguardados, en unas tablillas, los escritos originales de nuestra historia, de nuestro Dios, Creador de todo lo que existe.

Isaac sabía en el fondo del alma que su madre no estaba muerta y oraba a diario para que Dios los guiara y los ayudara a llegar a ella. "Seguramente mi madre se dio cuenta de todo", no dejaba de repetirse.

Así fue como, una cálida mañana, Sarah y Abraham se llevarían una grata sorpresa cuando fueron por agua al río y los vieron allí.

Fue el inicio de una hermosa convivencia espiritual. Para Melquizédec, ese viaje resultó de mucho valor; siempre supo que habría de realizarlo en algún momento de su vida.

Se reunían a hablar y reflexionar durante tres horas diarias que culminaban con la oración de mediodía. Si bien Melquizédec, Raniel, Abraham y Sarah eran quienes participaban activamente, Ismael e Isaac siempre estaban presentes.

Melquizédec y Raniel plantearon varias preguntas a la inseparable pareja. El rey fue el primero en cuestionar:

—¿Por qué nos alejamos de Dios?

A lo que Sarah contestó:

—Yo tengo la bendición de comunicarme con el Altísimo con cierta facilidad. Sin embargo, encuentro que, cuando te rodeas o estás expuesto al mundo material, sufres una gran distracción. Eso ocurrió cuando me sentí transportada a un paraíso terrenal por seres que no me amaban en Egipto. Entonces, sin darte cuenta, empiezas a valorar la belleza física y fácilmente te puede perder tu vanidad, al grado de olvidarte de enriquecer tu alma.

Raniel intervino:

—No obstante, mi bella Sarah, aun sintiéndote terriblemente amenazada, tu inmensa pureza espiritual te salvó al ofrecerte a cuidar con tanta dedicación y amor a la esposa del rey de Gerar, quien te tomó por esposa arbitrariamente. Tú, en lugar de reclamarle, lo ayudaste, le abriste los ojos para que mirara su alma, para que comprendiera el gran amor que sentía por su primera esposa.

Abraham exclamó:

—¡Qué avergonzado me siento! ¡Qué ciego estaba! Si el mismo Abimélej me lo dijo muy conmovido…

"Dios me tuvo entre sus brazos toda mi infancia, como mi padre. El Altísimo se preocupó por darme amor y sabiduría, ¿cómo pude olvidarlo en tan sólo un instante? Arriesgué mi misión de vida y, lo que es más grave, lastimé y puse en peligro a las personas que más amo, a mis hijos, a mi esposa.

"Si no vivimos y escuchamos al Altísimo exclusivamente desde la perspectiva del amor, nos volveremos ciegos y sordos. Y es que Dios es únicamente amor; la luz eterna, la única que existe. Cuando dejamos de verla, de percibirla, comenzamos a caminar en la oscuridad en vez de seguir esforzándonos en ser como Él, a su imagen y semejanza".

Melquizédec comentó con bondad:

—No seas tan duro contigo mismo, Abraham. Mucho has hecho, mucho has logrado. Todos, sin excepción, nos equivocamos en nuestro tiempo de vida. Lo importante es seguir adelante, vivir el presente, regresar a tu origen, recordar. ¿Acaso tú, cuando llegaste, te pusiste a buscar a tu amada Sarah con desesperación? ¿Acaso no primero encontraste la conexión con Dios, tu esencia, tu origen? ¿Acaso no primero encontraste la paz que habías perdido? De nada habría servido encontrar a tu esposa para volver a lo mismo. Antes de hallarla, debiste llenarte de armonía y, en lo más profundo de tu ser y en absoluta soledad, prestar atención a tu alma, a su belleza de origen, a su divinidad.

Raniel agregó:

—Amado Abraham, has salvado con generosidad

la vida de mucha gente sin siquiera advertirlo o darle importancia. Sigue adelante y recuerda, como ya mencionaste con sabiduría, que lo que no puedas ver desde la perspectiva del amor no existe.

"Enriquece tu espíritu constantemente, eso te hará mañana una mejor persona de la que fuiste hoy. Por eso la oración diaria nos ayuda, nos arropa, nos guía, nos llena de alegría".

De manera humilde, Melquizédec pidió acceder a los escritos que se encontraban en la cueva, que todos conocían como "la Cueva del Ángel".

Sarah, acompañada por Raniel, se alejó para regresar luego con la primera tablilla.

Sumamente conmovido, Melquizédec compartió en voz alta:

—Se habla de un alma creadora en su cuerpo de luz, del primer paso en la creación del hombre: "Y dijo Dios: 'Hagamos al hombre a nuestra imagen, conforme a nuestra semejanza'".

Melquizédec los invitó a transportarse de nuevo, como en Salem, en esta ocasión a su origen, a su esencia, y los invitó a hacerlo en forma individual:

—Escucha , es lo más bello que existe. Es el sonido armónico de tu alma esencial, de tu pureza de origen, de tu única verdad.

"Es el murmullo amoroso que nunca te debe dejar, que nunca debes olvidar. Puedes sentir y escuchar a todas las almas; sus sonidos se unen en forma exponencial y con todas podemos interactuar, lo único que necesitas es amar".

Por su parte, Raniel afirmó:

—La creación es un proceso constante. Los invito a sentir su hermosura, su grandeza. Sientan esa añoranza que tantas veces nos invade cuando dejamos de sentir unicidad. Todo está interconectado en perfecto equilibrio con el solo fin de hacer posible la presencia de nuestra alma, aquí, ahora y desde siempre.

A LA MAÑANA SIGUIENTE se disponían a comenzar la sesión cuando los interrumpieron los ruidosos gemelos Noé y Mihaliel, de apenas tres años, quienes habían escapado de la hija de Natal.

Con una amplia sonrisa, Sarah abrió los brazos para recibirlos. "Han de estar hambrientos", pensó, "son insaciables".

Para su sorpresa, los pequeños fueron directamente con Raniel. Se le montaron en las piernas, parecían flotar en su regazo. Lo más impresionante fue que se pusieron a jugar con algo que no podía verse. Raniel no daba muestras de estar sorprendido en lo más mínimo.

Sarah preguntó:

—¿Qué pasa?, ¿con qué juegan los niños?

Raniel contestó sonriendo:

—Juegan y acarician mi aura. Es muy común, todos los niños lo hacen. Pueden ver que tan sólo somos luz, lo captan con mucha claridad, en forma natural, sin interferencia.

"El cuerpo de luz de las almas tiene una frecuencia vibratoria muy alta y genera un sonido armónico que los niños alcanzan a oír. Se trata de un sonido muy parecido a las olas del mar, es el sonido del pulsar; por eso tiene ritmo, es musical. Cuando nacen en condiciones propicias, los niños no sienten dolor ni miedo; por consiguiente, no tienen interferencia ni sentimientos que sustituyan al amor esencial en tiempo y espacio.

"Yo soy tan sólo una conexión permanente con la Fuente, actúo por reciprocidad. Por ello no puedo intervenir más que con almas despiertas. Y no es que no lo intente siempre y en todo momento, usando los dones de la unicidad, la ubicuidad. Es la interferencia la que me impide la comunicación, la que no permite escuchar.

"Es algo similar a pensar en una gran tormenta y a la vez intentar oír una suave voz, un murmullo; por supuesto, no lo oyes con claridad. La tormenta es la interferencia que te aleja del amor esencial, de tu pureza de origen.

"A través de la oración, que no es más que una conversación con tu alma, con Dios, poco a poco, con mucha calma y sin darte cuenta, comienzan a desaparecer las barreras, la interferencia. Así, cada día, día a día, escuchas más; te llenas de paz, de amor, de sabiduría. Te vas acercando a tu lugar de origen, a Dios. Entonces, y sólo entonces, tomas plena conciencia de lo que siempre has sido, de que eres tan sólo luz, tan sólo amor. Cobras conciencia de ser y existir en perfecta armonía con el Todo, infinito y eterno".

SOFÍA Y LA BÚSQUEDA DE LA ESENCIA

LA VIDA CONTINÚA. Y prosigue con gran complejidad… ¿Es que acaso los mitos se vuelven ritos y los ritos se vuelven dogmas?

Sofía se preguntaba:

"¿Cómo es que los acontecimientos atrapan a los personajes y la historia llena nuestras emociones? ¿De dónde proviene esa vibración incomprensible que nos sacude por dentro? ¿De dónde surge su luminosidad, su inefable presencia?

"¿Qué significa estar hecho a la imagen y semejanza de Dios? ¿Qué implica esta realidad, cuál es su significado y su alcance?".

La antropóloga comenzaba a percibir la presencia de todo aquello que existe.

Decidió consultar libros tan importantes como el libro egipcio de los muertos, titulado *Transitando a través de la luz*. En él se menciona que vivimos muchas vidas; se habla de guías y maestros que nos ayudan a transitar; se subraya que la ciencia ya empieza a ocuparse de estos temas; se transmite el mensaje en forma persistente, y se invita a iniciar la búsqueda de algo mucho más grande.

En este largo recorrido, aumentaba su tolerancia. Sofía descubría conflictos y divergencias, adquiría una visión diferente para cambiar, llegar a ser, alcanzar, revivir, encontrar, reencontrar...

Sofía surcaba el tiempo, el espacio, con fuerza, en una suma vectorial convergente en perfecto equilibrio y se abría como una delicada flor de loto cubierta de un suave rocío.

"¿De qué nos sirve recordar?", se cuestionaba en muchas ocasiones a medida que día a día aumentaban sus múltiples experiencias.

En una de sus interminables conversaciones con Nathán, Sofía le contó una de ellas:

—Ayer tuve una vivencia o una ensoñación mientras intentaba dormir; fue algo inesperado... Me encontraba en un lugar hace un par de miles de años

—a juzgar por la vestimenta que llevaba puesta—, donde abundaban los nardos, cuya deliciosa y penetrante fragancia conservo impregnada en mi memoria. Me veía rodeada de una gran cantidad de pétalos de esas preciadas flores, las cuales iba recogiendo para preparar esencias de agua y perfumes que vaciaba en pequeñas botellas de cristales de colores.

"A pesar de tener la absoluta certeza de haber estado ahí, insisto en cuestionarme: '¿De qué nos sirve recordar todo esto?'".

—No te resistas, Sofía —le contestó Nathán con firmeza—. Recordar te ayudará a saber cuál es tu posición en la vida, tu misión.

Para ella esto se volvía un manantial de emanaciones distintas. Al recordar, seguía avanzando hasta darse cuenta de que todo ello siempre te lleva a un solo lugar: a tu esencia.

SOFÍA APRENDE a dejar fluir sus recuerdos y, al hacerlo, comienza a cambiar de dimensión, a interpenetrarse en diferentes planos en donde la conciencia superior le permite transitar y así conocer más de su ser. La intuición, impregnada de un intenso amor, plantea la premisa de la ubicuidad, la cual va siendo comprobada al crecer y ver con claridad todo lo que existe. Es su espíritu el que vence la supuesta barrera que cree tener por cohabitar en un cuerpo físico y logra cruzar los límites de lo conocido y seguir adelante hacia toda una inmensidad para ella antes inaccesible.

Sofía comienza a escuchar frases y conceptos que no pudieron haberse transmitido a través de ningún medio analítico conocido por ella. Transita por planos y dimensiones que no están relacionados más que con sus sentidos. Tiene contacto con hechos que no se explican, sino se ven, se sienten, se intuyen, son reales. Es a todo ello, desconocido por el momento, a lo que hay que abrirle la puerta, darle la bienvenida para seguir avanzando; algo que, cuando llega su tiempo, se comprueba, llenándonos de paz y de calma. Así es como Sofía logra desprenderse del mundo que la rodea, de su cuerpo físico; empieza a sentir únicamente su alma, acercándose cada vez más a su inmensa capacidad de amar.

En este momento de reflexión profunda, se apodera de ella una necesidad inexplicable de comenzar a escribir, de vaciar todo aquello que lleva en su interior. Comienza a sentir una energía poderosa, algo nuevo para ella, y, sin poder contenerse, acaba por dejar plasmado en un papel, en unos cuantos segundos, algo que de momento no alcanza a comprender:

"Una hermosa mujer de abundante cabellera oscura bailaba alegremente… Daba vueltas por toda su casa… Sus enormes ojos azules centelleaban como estrellas, mientras en su mente seguía el ritmo de una canción.

"De pronto tropezó con su esposo y le dijo con su mejor sonrisa:

"—Viene un bebé en camino… Ojalá sea un niño para que juegue con Daniel.

"Era tal su felicidad que no se dio cuenta de que él había bebido alcohol en grandes cantidades. De hecho, aún traía en la mano una copa con restos de vino… Eso fue lo primero que ella recibió en la cabeza, además de una interminable retahíla de maldiciones.

"—¿Acaso no sabes que eso no puede ser? ¡Mi posición en la sinagoga estaría en riesgo! Después de todo mi esfuerzo… Pero ¿en qué estás pensando, insensata?

■ *"Ella*

"Y así fui azotada una y otra vez contra la pared, con la pelvis completamente desprotegida. En lo único que pensaba era en mi bebé…

"Cuando pude llegar a la puerta, me detuve un momento para pedirle a Rebeca que se llevara a Daniel, mi hijo de apenas seis meses de edad. Mi esposo alcanzó a arrojarme algo a la cabeza. Pensé que podía correr, aunque ya tenía tres costillas rotas y respiraba con dificultad… Había perdido mucha sangre…

"Amanecía, y al dar la vuelta en una esquina me colapsé… Ahí me vi rodeada de gente. Mi cabeza yacía en un charco de sangre… Me vi desde arriba, como reflejada en un espejo”.

Sofía, sorprendida, leía y volvía a leer aquel pasaje. “Pero ¿de dónde surgió todo esto?”, se preguntó.

De inmediato se dirigió a casa de Nathán, con el papel en la mano.

Nathán, después de leer con cuidado y respeto lo escrito por Sofía, depositó sobre la mesa el importante documento con mucha delicadeza. En seguida y aparentemente sin hacer caso del impactante acontecimiento, se dirigió a ella en tono suave y conciliador:

—Sofía, me cuenta David del interés que tienen Pierre y tú en ir a Nepal, de tu fascinación por escalar la montaña más grande del mundo. Me explica que quieres buscar todas esas cuevas en las que supuestamente pueden descubrirse manuscritos como los que encontraste pulverizados en aquella primera cueva situada en lo que antes fuera Sumeria. Quién iba a imaginar que sería descendiendo con equipo de escalar por esa ladera tan empinada como escaparían de la persecución de la policía iraquí. ¡Son grandes escaladores todos ustedes! Dejaron impresionado al guía, que domina este arte sabiendo que de ello depende su vida.

”David también me habló de tu necesidad de ascender a lo más alto, de encontrarte más cerca de todo aquello que existe.

”Aprecio tu incesante avance, Sofía, y observo esa sensación y determinación irrefrenables de seguir adelante que te invaden cada vez con más intensidad. Sin embargo, es la ausencia de estímulos externos la que nos permite escuchar con mucha claridad, en forma irrefutable.

"Buscar esa quietud es un paso fundamental a seguir, pues al disfrutar de ella los conceptos dejarán de ser hechos aislados para convertirse en múltiples y extensas experiencias vivenciales, como esta que has traído y tenemos sobre la mesa.

"Te invito, como alguna vez mencionaste que era tu deseo, a encontrar en lo más profundo de tu ser todo aquello que buscas fuera y a permitir, en paz y en calma, que fluya con mucha suavidad. Te invito a seguir escuchando y así completar esta hermosa historia de vida y muchas más.

"Las percibirás poco a poco con la misma claridad con la que se escucha la corriente de un manantial emergente".

ELLA

...Describe vívidamente... experiencias y recuerdos...
llevada por el delicioso y sutil aroma...
de aquellas preciadas flores...

UNA HERMOSA MUJER de abundante cabellera oscura bailaba alegremente... Daba vueltas por toda su casa... Sus enormes ojos azules centelleaban como estrellas, mientras en su mente seguía el ritmo de una canción.

De pronto tropezó con su esposo. Le dijo en seguida con su mejor sonrisa:

—Viene un bebé en camino... Ojalá sea un niño para que juegue con Daniel.

Era tal su felicidad que no se dio cuenta de que

él había bebido una gran cantidad de alcohol. De hecho, aún traía en la mano una copa con restos de vino... Eso fue lo primero que ella recibió en la cabeza, además de una interminable retahíla de maldiciones.

—¿Acaso no sabes que eso no puede ser? ¡Mi posición en la sinagoga estaría en riesgo...! Después de todo mi esfuerzo... Pero ¿en qué estás pensando, insensata?

■ *Ella*

Y así fui azotada una y otra vez contra la pared, con la pelvis completamente desprotegida. En lo único que pensaba era en mi bebé...

Cuando pude llegar a la puerta, me detuve un momento para pedirle a Rebeca que se llevara a Daniel, mi hijo de apenas seis meses de edad. Mi esposo alcanzó a arrojarme algo a la cabeza. Pensé que podía correr, aunque ya tenía tres costillas rotas y respiraba con dificultad... Había perdido mucha sangre...

Estaba amaneciendo, y al dar la vuelta en una esquina me colapsé... Ahí me vi rodeada de gente. Mi cabeza yacía en un charco de sangre... Me vi desde arriba, como reflejada en un espejo. Alguien se acercó, se desgarró la ropa para contener con ella la sangre y me llevó en sus brazos por mucho tiempo...

Oía voces para mí muy lejanas, algunas llamándome "Adah", pues no sabían mi nombre...

—Yo soy Jeshua... ¿Me escuchas? Abre la boca... Tienes que comer...

Mi mente estaba muy confundida. Recordaba todos aquellos sucesos como si provinieran, como si pertenecieran a otras vidas... Estuve casada un par de veces... Recordaba aquel hermoso lugar a las afueras de Ur, el poblado azul, y me llenaba de paz, de calma... Debía seguir adelante... luchar por mi vida... seguía... respiraba... comía...

Volvía a ese maravilloso lugar, a la cueva... Seguía luchando... respirando... comiendo poco a poco... Veía una y otra vez aquel cuerpo de luz y me repetía constantemente: "No te des por vencida... Sigue, sigue... Aquí estoy contigo. Escucha mi voz: yo nunca te voy a dejar, tan sólo tienes que llamar...". Entonces me fortalecía y seguía respirando... comiendo...

Debía proseguir... Veía esa brillante luz azul que me arropaba... Me protegía y me devolvía las fuerzas para continuar...

Podía sentir el movimiento de un ser vivo dentro de mí... con dificultad ponía mi mano sobre mi vientre.

Jeshua sonreía con mucha ternura. Era el único que sabía que, a pesar de haber perdido mucho peso, mi vientre crecía, tenía vida... E insistía día y noche:

"Abre la boca, tienes que comer...". Una y otra vez... sin parar...

Entre sueños, yo llamaba frecuentemente a Raniel. En una ocasión, Jeshua me preguntó:

—¿Quién es?

Y yo, con gran naturalidad, le respondí:

—Es un ángel...

Sentí gotas de agua en el rostro... eran como gotas del mar...

Jeshua, agotado, lloraba y pensaba: "Si yo me siento así, ¿cómo se sentirá ella, que está tan débil? Y el bebé aún más...".

De pronto sentí las gotas sobre mis ojos... me produjeron un cosquilleo incómodo y los abrí para ver qué ocurría...

Jeshua pasó del llanto a una melodiosa e interminable risa... ¡Qué bello rostro tenía! Me recordaba a alguien...

—Llamaré a mi padre —me dijo— para que me ayude a moverte...

—¿Vas a llamar a Melquizédec? —le pregunté.

Jeshua se volvió instintivamente e inquirió:

—Mujer, ¿quién eres tú?

—Yo tan sólo *soy* —le contesté.

Y me quedé dormida de nuevo... Estaba muy débil...

Jeshua esperó pacientemente a que despertara para preguntarme:

—¿Quién es Melquizédec?

—Es el maestro —respondí—. Es muy sabio. Se parece mucho a ti, aunque con más años...

JESHUA se mostraba cada vez más intrigado con la increíble sensibilidad de Adah.

—¿Qué dice el maestro? —le preguntó al día siguiente.

—Describe EL TODO... padre madre... espíritu infinitamente viviente... Lo hace con mucho amor y claridad...

Cómo podía ser... Todos esos años con los maestros más avanzados y nadie nunca describió al Padre con tanta sencillez...

Esperó un par de días más para que estuviera descansada y trató de seguir indagando:

—Dime, ¿cómo te llamas? ¿Dónde naciste?

Ella se quedó pensativa, con sus enormes ojos muy abiertos. De pronto dijo:

—Me llamo... ¿Adah? Ahhh...

Intentó incorporarse, sin lograrlo...

—Espera —intervino Jeshua—. Llamaré a mi madre. Necesito ayuda. No te muevas.

Adah iba recostada con todo un cargamento... Aunque estaba rodeada de almohadones, debía tener cuidado de mantenerse lejos de esa enormidad de objetos pesados que podían lastimarla.

Habían retrasado este viaje varias veces esperando su recuperación… Jeshua se sentaba frente a ella en la tierra a diario, a mediodía, y daban gracias al Padre por un nuevo día, por tener más energía, más fuerza. Lo hacían con un gran amor…

María y su prima le prepararon alimento y bebidas refrescantes para que resistiera sin mayor dificultad ese primer traslado. Les preocupaba el bebé, pues ella aún se hallaba muy débil. Estaría mejor en tierra. Irían a Cachemira, lo que implicaba realizar un viaje muy largo en sus condiciones… Jeshua se había adelantado y preparaba todo para iniciar la larga travesía.

Adah subió a la embarcación y se instaló en un rincón, semirrecostada. Quería pasar inadvertida, estar sola, encontrar la calma… Le dolía la cabeza.

Por fin empezaron a desplazarse. Ella comenzó a sentirse incómoda de inmediato, hasta que no pudo más y caminó en busca de ayuda. Tenía un dolor insoportable en las costillas y con el vaivén de las olas se intensificaba al grado de hacerla llorar. Así fue como se topó con Jeshua, quien se sorprendió de no verla junto a su madre…

La condujo delicadamente a la proa del barco y le dijo con voz tranquilizadora:

—Las olas del mar tienen un ritmo muy especial… Escúchalo, siéntelo, sigue su armonía y dobla las rodillas cuando sientas presión. Eso te ayudará con el dolor… Te hará fuerte, te hará recia…

"También tienes que escuchar al viento, eso te ayudará a mantener el equilibrio, a usar tu intuición, a conservar la calma. Siente la calidez del sol sobre tu piel… te protege, te arropa… Te llenará de energía, de alegría… Mantén tu vientre lleno de comida, de frutos de la tierra y el mar, para que tu bebé crezca hermoso y sano… Siente ese profundo amor que siempre inunda un alma…".

Se quedaron muy quietos contemplando la inmensidad por un instante.

Jeshua habló de nuevo:

—Cuando te encuentres mejor, reúnete conmigo. Vamos a comenzar la oración del día…

—Tú no sólo te pareces al maestro —dijo ella—, te expresas como él…

Las palabras se las llevó el viento porque Jeshua ya no se encontraba junto a ella, había ido a ayudar a un nuevo grupo de gente a abordar.

Algunos la rodearon. Al verla tan sola le preguntaban:

—¿Por qué no tienes cubierta la cabeza, mujer? ¿Esperas una criatura? ¿Qué haces aquí, arriba de una embarcación como esta?

Adah intentaba retirarse, pero aquella turba se le acercaba cada vez más. Comenzaron a sacar piedras de las bolsas, a gritar frases agresivas con ademanes amenazantes.

Jeshua llegó en cuatro zancadas:

—Esta mujer es mi…

Pero ella lo detuvo con la mirada.

—Yo soy Adah —les dijo con mucha calma—. Viajo con Jeshua y su familia. No me cubro la cabeza porque tengo una herida muy profunda que debe sanar, tengan paciencia…

Jeshua intervino:

—Estamos comenzando una sesión de meditación y recogimiento al otro lado de la embarcación, por si tienen interés en escuchar el mensaje de amor de la Fuente…

"Esas piedras que llevan en las manos… las recogieron cerca del mar, ¿cierto? Me gustaría usarlas durante el procedimiento… si tienen interés… Pueden depositarlas en este recipiente…".

La gente comenzó a seguir al grupo, a moverse hacia la parte de atrás.

Adah se marchó en sentido contrario, caminando muy despacio, hasta alcanzar la proa. Necesitaba un momento a solas… Podía escuchar las preguntas de Jeshua una y otra vez:

—Mujer, ¿quién eres tú? ¿Cómo te llamas? ¿Dónde naciste?

Algo sabía con certeza: estaba donde debía estar.

Caminó de regreso, con paso firme. Recogió el recipiente con las hermosas piedras. Llegó al grupo que habían formado con Jeshua, todos estaban sentados en el piso. Colocó el recipiente en el centro, le vació una botellita de agua de nardos que llevaba en un pequeño envoltorio rojo de tela gruesa…

En seguida comenzó a sentirse una intensa vibración… Los ahí reunidos formaron un círculo perfecto. Oraban con humildad y concentración. Le daban gracias a la vida, sentían unicidad con el Todo, sentían su amor, ese amor infinito y eterno… Lo sentían en forma natural, sin interferencia… Era constante… fluía… …como un inmenso manantial… Era luz infinitamente viviente… padre madre… mente.

■

Yo envío un ángel delante de ti
para que te guarde en el camino
y te lleve al lugar que yo he preparado.*

---

* *Éxodo 23:20*

PERSONAJES

SOFÍA – La antropóloga

PIERRE – Esposo de Sofía

DAVID – Amigo de Sofía

NATHÁN – El rabino

NICK – Amigo de Sofía en Kurdistán

ANA – Amiga de Sofía en Kurdistán

DAMIÁN – Guía en la expedición al Monte Ararat

EL REY KARNEBÓ DE AKADIA – Padre de Amtalai

LA REINA NINURTI – Esposa del rey Karnebó y madre de Amtalai

AMTALAI – Madre de Abram (la princesa de Akadia)

TÉRAJ – Hijo adoptivo de Nimrod y esposo de Amtalai

SETH – Hijo de Adán

ENOCH – Bisabuelo de Noé

MATUSALÉN – Hijo de Enoch

LAMEC – Hijo de Matusalén

NOÉ – Hijo de Lamec

MELQUIZÉDEC-SHEM – hijo de Noé y rey de Salem, sacerdote del Altísimo.

EMIRA – Madre de Sarai, prima de Amtalai

KAMÍS – Esposo de Emira

SARAI O SARAH – Esposa de Abram

ISAAC – Hijo de Sarah y Abraham

ISMAEL – Hermano mayor de Isaac

ABRAM O ABRAHAM – Hijo de Amtalai y Téraj, del cual proviene el resurgimiento del monoteísmo y las tres religiones abrahámicas: el judaísmo, cristianismo e islamismo

NAJOR – Hermano de Abram

JARÁN – Hermano de Abram

RANIEL – Un ángel, un contacto directo con “la Fuente”

KUSH – Padre de Nimrod

NIMROD – Emperador de la Mesopotamia

SEMIRAMIS – Esposa y madre de Nimrod

TAMUZ – Primogénito de Nimrod y sucesor del trono

Elíezer – Hermano de Tamuz

Sargón I o Sharguina – Fundador de la dinastía semita y primer emperador del imperio sumerio

Endea – Dama de compañía de Amtalai

Najar – Esclava de Téraj

Jasrel – Amigo de Abram

Shémek – El hombre que fue corregido por Abram

Lot – Hijo de Jarán y sobrino de Abram

Berá – Rey de Sodoma

Abimélej – Rey de Gerar

Adah – La mujer de cabellera negra que huye de su hogar

Daniel – Hijo de Adah

Rebeca – Hermana del esposo que abandona Adah

Jeshua – Jesús

María – Madre de Jeshua

AGRADECIMIENTOS

Agradecemos a nuestra mitad inseparable en coautoría: por todos los momentos de sabiduría, constancia, paciencia y tolerancia que compartimos y que culminaron en esta obra.

A nuestros hijos y nietos por haber sido y seguir siendo nuestros mejores maestros.

Con mucho cariño a nuestros editores: Gilda Moreno Manzur y José Antonio García Rosas, por su invaluable amistad, cercanía, profesionalismo y profundo entendimiento de la estructura y contenido de nuestra obra.

LOS AUTORES

DANIEL BEHAR

Soy biólogo y cirujano dentista; trabajé en la UNAM y la UAMX como profesor e investigador de tiempo completo, y en ello desarrollé un pensamiento científico. Pero también me gustan las letras y el arte: he publicado varios libros, dibujo y pinto. Considero que el verdadero placer reside en nuestro poder de crear. Observar, contemplar y luego entender son los elementos a convertir en imágenes y palabras de una obra literaria.

SILVIA BAZÁN

Mi vida cambió el día en que abrí un cajón y encontré una obra de teatro que escribí de joven. Siendo médica cirujana y directora de programas de educación comunitaria y educación médica continua, comprendí que me había alejado de una parte muy importante de mi ser: recordar, entender, entretejer sensaciones y realidades, escribir. Así surgió la oportunidad de participar en esta obra... y en muchas otras por venir.

PRÓXIMOS TÍTULOS
DE DANIEL BEHAR Y SILVIA BAZÁN

EN UNA GOTA

La antropóloga Sofía se da cuenta del inmenso significado de una gota mientras recorre la ruta del Éxodo.

ELLA

Por fin se devela la misteriosa identidad de una mujer que Sofía lleva constantemente en su pensamiento.

Made in the USA
Middletown, DE
23 February 2021

34237037R00106